逃避行……バンコク

秋月久仁子

AKIZUKI Kuniko

文芸社

目次

プロローグ

――彰子。

突然、父の声がした。気がつけば突っ立っていた。

夢は見ていなかったのに……父の声？　やはり夢を見ていたんだ。

彰子……、彰子……、あきこ……。父の声が弱まっていく。

目が覚めきってしまえば笑ってしまった。父が亡くなって十二年も経つというのに、いまだにびくついている。

今日は父の十三回忌法要だ。

南無阿弥陀仏、ナマンダブ、ナマンダブと住職の読経が始まった。静かな仏間で経を唱える声だけが響いている。それに合わせ私も神妙な顔付きで手を合わせるが、頭の中では、彰子、と私を呼ぶ父の声だけが木霊していた。

彰子、この声が四十年前を思い起こさせた。

私が二十五歳の時、母親と大喧嘩をし、口汚く罵る私に父は怒りを爆発させ、親に不平不満があるなら家を出て行けと勘当を言い渡された。

仕方なく独り暮らしを始めたが、時折、父の、彰子、という私を呼ぶ声……、空耳が聞こえていた。


一つの経が終わり、次の経に移る時に焼香盆が回り始めた。母の次に私の番だ。抹香を香炉の炭に落としていると父の顔が浮かんできた。

父は自分の人生に満足をして生きてきたのだろうか。

時代に翻弄されて、苦労と努力を余儀なくされた人だ。嫌というほど働いて我慢をし、自分は真っ当に生きてきたと父は思っているだろう。だが自分の子供、自分の子供が自分の概念の範疇から外れた人格で曲がってしまった生き方しかできない。その子供に、思うようにならない歯がゆさと無念さがあったはずだ。――その子供は私……。

思い返すとため息しか出てこない。

子供の頃には優しくてヒーローだった父が、思春期にはその父の真っ当さが窮屈に感じ煙たくて敬遠しがちだった。そして、徐々に父が怖くなっていった！

そんな父だったのに……。長い時間が経過し突然目にした父の姿。あの父が……と、信じられなかった。二十年後の父は、脳梗塞で自由に動けなくなっていた。

私は、父の介護という口実で実家に居座った。

父は、介護をする私に申し訳なさそうに「ありがとう」と言い、下の世話をされる時には目に涙を溜めていた。そして、死にたい、くたばりたい、とか細い声で呟いていた。

闘病生活は永く続いた。死にたいのに死ねない父の辛そうな顔、人生の終盤に罰ゲームを課せられたような感があり、それがかわいそうで父が息を引き取った時、思わず父の耳元で「お父さん、死ねて良かったね」とささやいてしまった。

——彰子。

また聞こえた。お父さん、私のことがそんなに心配だった？

この空耳、思わぬ時に聞いていた。

第一章

やらかしの痛み

私は三十五歳の時、最悪の失態をしでかした。

それまで遊びほうけて好き勝手をしていたくせに、三十五歳の誕生日を機に年齢が気になりだした。世間の人は私の年齢では結婚し子供を産んでいる。自分は人並みの幸せ、結婚、出産を手にしていない。そう思うと、出産の可能な年齢が立ち塞がり焦燥感が襲ってきた。この時、私には職場に杉本という七歳年下の彼氏がいた。だが結婚なんて頭の片隅にもないやつ。社内恋愛は絶対に秘密にとひた隠しにするやつだった。だが、今の自分にはこの彼しかいない。だから勝手にも結婚という願望を抱き、執着し、事あるごとに迫っていた。

だけど、この執着した結果が最悪なことになってしまった。

ある朝、出勤すると私だけが知らない社内ニュースが広まっていた。杉本が重役の遠縁の二十二歳の新入社員と婚約をしたという。それを知った瞬間、顔が熱くなり同僚たちが話す言葉に頬が引きつり全身がぎこちなくなっているのが自分でも分かった。

二十二歳の彼女、十三歳という年齢差にどう足掻いても勝てるわけがない。だけど、子供を産める年齢は限られている。あんな娘《こ》に何があってもとられたくない。

ショック状態で気持ちが悪くなり、震える足で彼のマンションにたどり着くと知らぬ間に引っ越していた。心臓に重なる打撃で息がしにくい。

翌日、人事部で彼の新居を問うたが教えてもらえなかった。彼から私には秘密にしてくれとの依頼があったようだ。しかし、いずれ社員の住所は分かるのだとしつこく要求すると、不審がられ、誰かのストーカーとささやく声が漏れ聞こえた。その途端、心臓が破裂しそうだった。だが、執着が私をおかしくしてしまっていた。

二十二歳のあんな子に渡したくない。その一心から、帰宅しようとする彼のあとを追いかけ、一緒に死んでくれと街中で出刃包丁を振りかざしてしまった。

――彰子。

父の声がした——。

途端、力が抜け、包丁を落とした。しかし、警察に通報されていた。彼は切り傷一つおっていないのに、私は殺人未遂の加害者となった。ただ、被害者側が結婚を控えての大事な時に警察沙汰は困るとのことで示談になった。たぶん、相手側の親族に私の存在を知られたくなかったのだろう。

これより被害者に一切近づかないこと、関わりを持とうとしないことを条件に釈放された。私はその間中、首を縦に振るだけで口がきけなかった。弁解も相手を非難することも許されず、時折痙攣のように震えが起こるだけだった。

警察へは姉夫婦が私を引き取りにきた。両親は年老いて来られないと言っていたが、父には内緒にしているらしい。警察署を出るとすぐ、姉は、「あんたにはうんざりやわ。もう、縁を切るから」という台詞を残して帰っていった。

一人きりでマンションに戻り、心臓だけが大きく脈打っているのを感じ、ぼうっと部屋で座っていると、「彰子」という父の声が聞こえたような気がする。誰もいないのに。心臓が痛くて息が吸い込めない。

翌日、いつもどおり出勤したら、居心地の悪さが尋常じゃなかった。周りの人たちの興味と非難の視線。昨日、警察沙汰になったことは当事者だけの内密だったはずが、社内中に広がっていた。誰も私と口を利こうとしない。毎日言葉を交わしている隣席の社員でさえ私を避けている。

始業開始すぐに、人事課長に呼ばれた。なぜ呼ばれたのかは、見当はついていた。

打ち合わせ室に入っていくと人事課長の横に直属の上司もいた。

「君も承知しているだろう。君の犯したストーカー行為だがね。社内中に広まっている。昨日は警察沙汰になったそうじゃないか。殺人未遂なんて困るのだよ。分かっていると思うがこのまま居続けてもらうわけにはいかない」

警察沙汰？　それは会社に知られるはずじゃなかった。なのに、なぜ？　あいつが社内で吹聴している？　結婚を控えて忌まわしいスキャンダルは避けたいと言っていたくせに。

「退職するんだ！」

茫然としていたら、上司が怒鳴った。

会社は辞めようと思っていた。しかし退職届を出すタイミングが狂ってしまった。出社してすぐに出せばよかったけど、この目の前にいる上司が席にいなかったせいで出せなかった。ああ、そうか、私の警察沙汰のせいで会議をしていたのだ。

机を挟んで座っている二人の男の非難と迷惑を含む視線が私を直撃してくる。

昨夜は一睡もしていない。全く眠くないのに頭に靄《もや》がかかり一晩中何も考えることができなかった。あいつの顔を思い浮かべては心臓に打撃の繰り返しで、思考が泥水のように澱んでいた。気がつけば朝になっていた。急ぎ退職届を書き提出のため出社したのに。

「退職届をすぐに出しなさい。黙りこくって何を考えているのか分からんが、この状況でよく出社ができたものだ。言っておく、君のためにも会社は辞めたほうがいい」と凄んだ声で上司が言い捨てた。人事課長も「今後の生活もあり、辞めたくない気持ちは分かるが、辞めてもらわんと困る。さいわい杉本君のおかげで示談で済んだからよかったものの、逮捕者がこの会社から出たとなれば、考えただけでもぞっとする。杉本君に感謝するのだな。君は懲戒処分にもならずに済んだ。至急、退職届を出しなさい」と言った。

退職届を持っている旨を伝えると、「さっさと出せよ」と怒鳴られた。

怖い！　昨日まで普通に接していた人が今は恐ろしい顔で糾弾してくる。私は不道徳極まりない人間になったようだ。ポケットから退職届を出すと、上司にもぎ取られた。

人事課長がそれをバインダーに挟み、すぐに役員に回覧する準備をした。これで、私は本日をもって退職となった。

「今からすぐ帰宅してかまわない。それから誰にも挨拶なんて必要ないからな。君に別れを惜しむ人はいない。退職金は給料と一緒に計算どおりの額を振り込む。必要書類は全て郵送する。返信書類も郵送にしてくれ」と、人事課長が有無を言わさず話を終わらせた。

別れを惜しんでもらいたい人なんてこの会社にいない。私自身が一刻も早くこの会社、このビルから抜け出たかった。ただ、出社したのはカレンダーにあいつ、杉本と会った日のことを記号でしるしていた、それを取りに来ただけだ。でないと人に見られたら何の印かと勘ぐられるから。私物は印鑑とこの卓上カレンダーだけ。無言で席を離れ、鞄を提げフロアーを出て行こうとする私の背中に複数の視線がはりついていた。婚約をした彼女の同期社員たちは私が玄関を出て行くまであとをつけてきた。あの若い女子社員たちの挑んでくるような勝ち誇った目、吐き気がする。

心臓だけが重苦しい。私、何をしたのだろう？　呼吸がしにくい。ふらふらと歩きながら地下鉄の入り口にたどり着いたら、「原さん」と呼ばれたので顔を上げると、杉本、あいつが立っていた。

「自殺しないでよ。まさか、あんたが俺との結婚を考えていたなんて夢にも思わなかったね。驚きしかないよ。もし、死ぬのだったら一年後にしてくれよな。その頃なら、ほとぼりも冷めているだろうし。それに、遺書を残すのだったら俺の名前は絶対に出さないでよ。自分に嫌気がさして死んだと残してくれないかな。それが俺への最後の愛でしょ」

私は声を発することができなかった。頷きも否定もせずただ顔を見ていた。

「あんたに自覚がないからこんなことになったんだ。結婚？　俺とあんたが？　笑うぜ。こんな別れ方はあんたのせいだからな。すぐには死なないでよ！　いいね！」と言うと、あいつは社に駆け足で戻っていった。

すごく軽い。あいつの中で、私の存在が軽過ぎる。

呼吸がしにくい——。

一昨日、息がしにくくなって夜間外来の診療所に行った。私を診察した医師が事務的に冷たく言い放った。「心臓が腫れていますね。最近、何かショックなことがあったのではないですか？」

——ショックなこと？　心臓をえぐられるようなショックなこと？　あったけど口にしたくなかった。だから否定をした。でも、処方された薬は精神安定剤だった。

この私が精神安定剤？　こんな薬、この私に飲めって？　ふん、ヤブ医者！　この私が精神安定剤を服用するなんて自尊心が許さない。ゴミ箱に捨ててやった。

やっぱり、私、おかしくなってしまったのかなあ？　頭が変？　ああ、心臓が痛い。あの薬、おいとけばよかった。

平日なのに太陽が真上にあるうちにマンションの自室に戻ってきた。八畳のワンルームにべたりと座り、気が抜けたようになってしまった。泣く気もしない。ただ、心臓がおかしな動きをしている。

あいつと幸せな家庭を築く想像をしていた、あれは絶対にあり得ない妄想……？

私バカみたい。あいつにしたら私に人権なんてなかった。

あんなやつ、死ねばいい。私の自尊心のために死ね！　死ね！

振り払っても、振り払っても、あいつの忌まわしい顔が浮かび上がってくる。そのたび、心臓が突き上げられる。

ビルを出る前、「早川さん、子供ができたんだって、授かり婚で式は早めるそうよ」と、誰かがあいつの若い彼女が妊娠していると聞こえよがしに言った。あいつ、私とセックスをする時、厳重に避妊をしていた。絶対に妊娠は避けたいというのが分かり過ぎるくらいに分かっていた。なのに、若い彼女は結婚前に妊娠、授かり婚、バカにして！

何時間、何日、経ったのだろう……？

時折、殺人未遂、加害者、という誰かの声がする？

私が何をしたっていうの？　突然の別れ話に混乱し修復しようとしただけなのに。

頭が冴えわたっているのに霞がかかっている。思い出そうとしたら胃液が込み上げてくる。

ああ、そうだ、あいつを刺して私も死のうとした。あいつに包丁を突きつけた。

――殺人未遂。

殺人未遂の原因……？　原因……は、あいつを好きになった。いや、好きじゃなかった。

ただ、付き合っていたのはあいつだったから、あいつと結婚をしなければと思っただけ？

それがそんなに悪いこと……？

そうだ、今までの関係も、あいつからしかけてきたんだ。それなのに捨てられた。

バチ、当たれ！　バチ、当たれ！　罰が当たって地獄に堕ちろ！

爆弾があいつめがけて炸裂した。ジクゾーパズルのピースが吹き飛ぶようにあいつが木っ端微塵に散った。

朝になっても会社に行く必要がない。最後の日は普通に喋っていた同僚や女子社員たちの刺すような視線が私を終始追っていた。そのくせそっちを見ると顔を背ける。意図せず近づけば逃げるように離れていった。あんな息のしにくいところ行きたくない。けど、会社を辞めればどこへも行くところがない。人の世から隔離されたような疎外感が襲ってきた。

ふん、あんな職場！　と、自分を慰めているのに、孤独が……、恐ろしい孤独が襲ってくる。じっとしていると人気のない空間に孤独がはりついている。

感情が固まってしまった。生きているのか分からない意識のない日々が過ぎていく。水しかないのにその水を飲めば、胃が気持ち悪い。今日がいつなのか分からない。

テレビをつけると、ニュースで二月三日の節分と言っていた。二月三日、あいつの結婚式だ。誰かが節を分けるのでめでたいと言っていた。こんなに呪っている人間がいるのに、めでたい？　この上ない不幸を望んでいるのにめでたい？　ふん、地獄に墜ちろ！

世間が怖くて、誰にも会いたくないのに人に接したい。誰かと話したい。誰かと時間を共有することを拒んでいるのに、すごく人恋しい。
寂しい――　私には一緒にいてくれる人が誰もいない。このまま死んでしまうかもしれないのに惜しんでくれる人がいない。死ぬまで時間はそうかからなそう……。

――彰子。

突然、父の声がした。

えっ？　ここ、どこ？　目を凝らすと八畳のマンションの天井が見えた。ああ、自分の部屋だ。知らないうちに眠っていた？

夢を見ていたのか父の声がした。でも何も思い出せない。夢を見ていた気さえしない。

ただ父の声が耳に残っている。

ダメだ、こんなことをしていては。

普通に戻ろう。そして前より元気になってやる。そのためにはいっぱい食べないと。

すぐにスーパーに行き、たくさんの惣菜とパンにお菓子を買い込んだ。

部屋に戻り通常のようにテレビをつけ、買ってきたものをかたっぱしから頬張り咀嚼した。そうしているうちに普段に戻ったような気がした。もっと、もっと、と休むことなく食べ続けた。しかし吐いた——。食べたもの全てと胃液まで吐いた。

胃の痛みに涙をため呆然とし、つけっぱなしのテレビの前に座ると、カンボジアの難民が映し出されていた。痩せた日焼けした肌の男女と子供が虚ろな目でこっちを見つめている。枯れ枝のような腕に赤ん坊を抱く老婆？　老婆かと思ったら、その子の母親だった。ニュースキャスターが悲惨な現状を訴えている。物資がなく不安だらけの現状を。

気の毒に。でも、あの人たちは孤独ではない。寄り添って生きている。羨ましい……。

——あそこに行けば人がいる。限界のギリギリで生きている人たちがいる。

崖っぷちで生きている人たちの側にいきたい。行ってみようかな、あのキャンプへ。

バンコク

一九九〇年の三月、私はタイのドンムアン空港に降り立った。

ターミナルを歩く私は南国特有の空気に包まれていた。外を見れば照りつける日差しが陽炎をたたせている。なんと明るい国。

税関を出て一歩足を踏み出した途端、目の前にタイという国が飛び込んできた。日に晒された原色が入り混じりゆったりと動いている。何だか私一人が異世界な感じがする。身につけている服は黒と灰色。原色とは対照的だ。暗い冬が明るい光の中に放り込まれたような感覚がした。

空港から外に出れば夕刻になっていた。少し日が陰ってきてはいるがかなり蒸し暑い。セーターを脱ぎブラウスをタイ人に倣ってパンツの外に出してみた。楽で涼しい。

さあ、バンコクに行こう！　この国で、一人でやらなければならないことは多い。まずは難民キャンプへの道を模索し、計画を立てるのだ！

バンコクに安く行ける方法は鉄道だが、旅行者は利用しないからか案内表示が不親切で分からない。うろうろ迷ってはもとの場所に戻ってしまい駅がない。タクシーで行くしかない、と諦めかけていたら、ちょうど目の前を駅員が通りかかった。急ぎ、片言英語でファランポーン駅まで行きたいと伝えると、何とか理解してくれカモーンと走り出した。大きなスーツケースを引っ張り追いかけると、地面と段差がないホームにはすでに列車が停まっていた。発車寸前らしい。

大声でゴー、ゴー、と叫ぶ駅員に押され最後尾に乗り、下から持ち上げられたスーツケースを引っ張り上げた途端、ガタンと音をたて列車はスローモーションで発車した。

列車がゆっくり動いていく。

乗車口から、案内してくれた駅員に手を振ると、振り返してくれた。それが、すごくうれしかった。

ずっと駅員が見えなくなるまでドンムアン駅を見ていた。他人が自分に与えてくれる優しさに飢えていたのかも？　うれしさが止まらない。

女友達

バンコクで暮らしている友達が一人いる。その友達にムカつくことが多かったので会う必要はないけど彼女の顔が頭から離れない。日本だったら絶対に会わないし連絡もこちらからはしないのに、電話番号が書かれている手帳を持ってきた。電話をすればまた嫌な気分になるかもしれない。でも、ここまで来たのだから連絡だけはしてみよう。

翌朝、バンコクの安宿、日本人は私以外泊まっていないホテルから同級生の多恵子に電話をかけてみた。

「サワッディー、カ」

聞き慣れない女性のタイ語が聞こえてきた。予想はしていた。多恵子以外の人が出るかもと。もしかして多恵子は引っ越しをした？　それより日本に帰国してしまっているかもしれない。でも、それならそれでいい。別に会わなきゃならないわけでもない。そう思っているのに、多恵子以外の声に落胆を感じている。

「ハロー、メイ、アイ、スピーク、ミセス太田」と言ってみた。

一呼吸の後、「マッテクダサイ、オクサン」片言の日本語が聞こえた。多恵子は電話の向こうにいるのだ。

「もしもし、太田の家内でございます」と、多恵子の声がした。

昔の知り合いの声。嫌いな友達の声なのに、聞いた途端、予想よりもはるかに安堵とうれしさが込み上げてきた。自分が信じられない。

「私よ、原彰子！」

「え、アッコ？　どうしたの？　電話なんて珍しい。もしかして結婚の報告？」

「違うわよ。今、バンコクにいるの」

「えっ、タイに？　旅行？」

「まあ、旅行といえば旅行だけど。会社を辞めて来てしまったの」

「会社を辞めてって？　何よ、それ？　でもうれしいわ、この国で友達に会えるなんて。ねえ、予定がなければ今から会おうよ。ランチしよう」

多恵子とすぐに会う約束をした。


ホテルの玄関脇で多恵子を待ちながら考えていた。まず私がここにいる理由をなんと説明、言い訳をしようかと。

死んでもかまわないと思う最悪の原因は話したくない。

ここにいる理由、ただの観光じゃない理由、カンボジア難民キャンプに行くつもりでいること……？　どこから、どう話そうかと考えを巡らしていると、黒いクラウンが滑り込んできた。

クラウンの窓が開き、「アッコ！」と、多恵子が手を振っている。

「速く乗って！　ベルボーイが喚いているの。リムジンの乗り場だからって」

「リムジン？　そんなのどこにも見えないわよ。あのベルボーイ、すごく怒っているけど、タイって微笑みの国じゃなかった?」

「微笑みも利益がらみよ。ここを使うのにチップを渡さなかったから。少しの金額で手のひらを返したように機嫌がなおるわよ。それをアッコに見せてあげたいけど、お金がもったいないから止めておく。それより元気そうじゃない! 突然来たから吃驚したわ」

「ゴメン! 来る前に連絡しようと思っていたけど急だったから。それより多恵子、セレブの奥様って感じになったわね」

「そう? セレブの奥様ね……」

その奥様の多恵子は、八年前にお見合い結婚をした。相手は格式のある家柄の次男で、国立大学卒の一流ゼネコン勤務のエリート建築士だ。その当時、多恵子は「彼って、勉強ばかりしていたからダサくて面白みのないマザコンなの。つい最近まで母親の選んだ服を着ていたのよ」と言っていた。だが、その言葉の裏には、エリートと結婚をした自分は格別の存在なのだと私たち同級生とは区別しているように感じた。その区別どおり、多恵子自身も奈良の資産家の三人兄妹の一人娘で成績はいつも上位だし、身だしなみとお稽古事は厳しくしつけられたお嬢様だ。それが、大阪の何の変哲もない中学、高校、短大と続く女子校に入学し、私たちと同じ学生生活を送っていた。わざわざ奈良から時間をかけて通学するほどの学校じゃないと思ったけど「なぜ？」とは聞かなかった。返ってくる言い訳と自慢の言葉を聞くのがうっとうしかったから。なのに、彼女は自分から理由を話しかけてきた。その理由とは学長と父親が旧知の間柄で仕方なくとのことらしい。「本当はもっといい学校に行くはずだったのよ」と続く言葉が消されている。だから時折、私はあなたたちとは違うの、との過剰な意識が垣間見えて、彼女を遠ざけていた。複数のグループ内では言葉は交わしたが、二人になることは避けていた。

なのに、今、遠い異国で二人きり……。違和感がなくもない。

「ねえ、ご主人はお元気？」

「ええ、元気だと思うわ」と、多恵子は興味なさそうな顔をした。

「なによ、それ？　夫を他人のように」

私は多恵子が冗談で言ったとばかりにアハハと笑った。だが、多恵子は「しばらく会ってないのよ」と一瞬だが真顔になった。私がなおも夫に関して言葉を続けようとしたら、そんなの、どうでもいいとばかりに「どうして会社を辞めてしまったのよ？」と、遮られ、反対に質問を返された。

この態度、学生時代に常だった多恵子の相手を無視する癖。いくら私がつまらない社交的挨拶を言ったとしても、この多恵子の態度にムカつく。でも、仕方ないから「仕事が嫌になったのよ。人生の息抜き！　自由を堪能したら、また日本に帰って働くわ」とその場しのぎでごまかした。

多恵子との友人関係はこんなものだ。本当の理由なんて言えるはずがない。お互い心を開かないのに。この人に、私もだけど無二の親友っているのかなあ？

車は多恵子がおいしい中華料理店があるというチャイナタウンに向かっていた。外は、強い日差しが陽炎となり揺らめいている。歩道は昼食をとる人であふれかえり膨らんで見えた。連なっている屋台からは湯気と煙が上がり、タイ料理と中華料理の入り混じった匂いが充満していそう。もし、この喧噪の中に入ってしまうと、自分の身体にこの空気が浸透してしまうのではないかと訝《いぶか》っていると、「着いたわ。降りるわよ」と多恵子が言った。

「えっ、ここで降りるの？」

「そうよ。なぜよ？」

「ここって、路上の食堂じゃない？」

まさか、このゴミゴミした路上で食事するなんて思わなかった。

「なに言っているのよ。屋台の向こうに丸鶏がいっぱい吊ってあるでしょう。あそこよ」

後続車からクラクションが騒々しく鳴り始めた。降りるほかない。

しぶしぶ降りたら、思いのほかいい匂いがした。でも、多恵子が向かっていく店の入り口には裸の鶏が暖簾のようにぶら下がり、日本では考えられない光景が広がっている。すごく嫌だ。羽をむしり取られた鶏の毛穴を見ると、まさに自分の肌が鳥肌のようになってくる。

「何を気にしているのよ。結構、デリケートなのね」と、鼻先でフフッと笑う多恵子は、すごく逞しい。

「鶏が顔に当たりそうよ。入り口に吊り下げるなんて信じられない。ここのお客は暖簾みたいに手で除けているけど、食べ物なのに考えられないわ。これは注文しないでよ」

「イヤよ！　この店の売りなのに。一回騙されたと思って食べてみ。絶対においしいって唸るから」

日本ではエレガントを気取っていた多恵子が、いつもきれいな空気、清潔な場所と煩かった多恵子が、この変わりように戸惑った。

席に着けば多恵子は流暢なタイ語で注文をした。ここに来るまでも、主人専用の運転手にもタイ語で指示をしていた。かなり勉強をしたようだ。それとも五年もいれば、これくらいは喋れるのか？

料理を待つ間、多恵子はじっと私の目を見つめてきた。

「なんで、アッコ、ここにいるのよ？　ただの観光じゃないでしょう。本当は何か理由があるのでしょう？」と、探るように言った。

「えっ？　まあ、考えていることはあるわ」

「何よ、考えていることって？」

「カンボジア難民キャンプに行こうと思っているの」

「ナンテー？　今、何を言ったのよ？」

「だから、カンボジア難民キャンプに行こうと、思っているって」

「アッコがカンボジア難民キャンプ？　あんた、そこがどんなところか分かって言っているの？」

「もちろんよ。私でも何か役に立つことがあると思うのよ」

「ない！　ない！　アッコ、あんたが役に立つことなんて何一つないわよ。考えてもみなさいよ、言葉が通じないのに。あんた、日本語以外、満足に何語が喋れるのよ。英語だってろくに話せないくせに。よく言うわ」

そう、私は学生時代、英語の成績は欠点に近かった。

「そうだけど。食事の分配とか子供を遊ばせるとか簡単なお手伝いはできるわよ」

「無理よ、無理！　言葉が通じなきゃ話にならないって！　あんたが行けばUNHCRの人に迷惑をかけるだけよ。第一、あんたの分の食料が減るわよ」

そう言われると返す言葉がなかった。言葉を探していると多恵子の白々とした視線が私をなめ回している。でも、言葉が見つからない。

「分かった！　どうしても行きたいのだったら行くだけ行ってみ。まあ、せっかくここまで来たことだし。受け入れてもらえるかどうかは分からないけど」

「行くわよ……」声が小さくなった。

決意は変わらないけど、軽く考えていた自信が消えそうに揺らいでくる。だけど、そんなに何度も私の能力を否定しなくても、と思うけど返す言葉がない。

「でも、語学を少し勉強してから行きなさいよ。カンボジア語は無理でもタイ語なら習いやすいし、少しは通じるそうよ。それでコミュニケーションがとれればいいじゃない。まずはタイ語の単語だけでも勉強すれば」

そう言って、多恵子はニヤリと笑った。

多恵子は北京ダックにフカヒレスープとすごい勢いで食べている。私にももっと食べろと勧めてくれる。だが、私はチャーハンを少し口に運んでは咀嚼し、次に何か言われたらと構えていた。しかし多恵子は食べることだけに専念している。語学力は最低で海外事情に疎いこの私が、仕事まで辞めて難民キャンプに行こうと決心させた理由、それは、何かあると多恵子なら勘ぐっているはずなのに、追求はなかった。


食後に、多恵子がおいしいコーヒーを飲みに行くわよと誘ってきた。そして、そこで今後のプランを立てようと決めている。

考えてもみなかった、こんな成り行き。私より多恵子の方が意気込んでいる。

おいしいコーヒーを飲めるところって、どこかと思えばオリエンタル・ホテルだった。チャオプラヤー川を眺めコーヒーを飲む、これを多恵子は気に入っているらしい。食事代を多恵子が支払ってくれたので、ここは私が出すと言ったら、ノーと人差し指を振った。

「何を言っているの、お金のない人が。これからどんどん費用がかさむのよ。心配しなくっていいわよ。どうせ主人の稼いだお金だから使えばいいのよ」

多恵子は私の懐事情を知らないくせに頭ごなしに金欠と言ってくる。それに、わざわざ主人の稼いだお金だから使えばいいなんて、変な言い方をすると思った。が、正直今の私はお金が必要だから何も言い返せなかった。

多恵子の提案で、語学は多恵子の通っているタイ語教室に行くこと、ホテルは費用がかさむので手頃なガードマン付きのアパートを明日一緒に探しに行くということで話はついた。

多恵子、暇を持て余しているのかなあ？　信じられないほど面倒をかってでてくれる。

滔々と流れる川面の向こうには異国の情景がある。その前をクルーザーが水を切って走っていく。ふと、この時、肩肘張っていないことに気がついた。

多恵子、互いに本音を曝《さら》け出せない友ではあるけれど、中学からの同級生という長い時間が安心を与えてくれているのかなあ。この安心感から久しぶりに頭の天辺から爪先まで寛げている。そのせいか気が緩み眠くなってきた。欠伸を我慢したら涙が出てきた。

「主人、浮気しているの」

「えっ？　何、浮気？」

「うん、浮気しているの」

「ええ？　あの、ご主人が？」

突然の多恵子の言葉に眠気がいっぺんに吹っ飛んだ。

多恵子の顔を正面から見直した。この上なく面白くない顔をしている。

結婚前に多恵子は「旦那になる彼は真面目が服を着て歩いているようなタイプなの」と言っていた。そのとおりで、披露宴で見た多恵子の夫の印象は真面目なのはいいけど洗練された魅力に欠けている、だった。そして多恵子にメロメロだとも思った。

あの日の多恵子の夫、次から次にくるお祝いの酌に断りきれず、真っ赤な顔をしてニコニコしていたのを思い出す。その人が浮気――？

多恵子が言うには、夫との間に子供ができず、その夫にタイ人の彼女がいる。それで多恵子の待つ家には滅多に帰ってこないとのこと。それを憎らしそうにかつ面倒くさそうに話した。

「平気なの？」

「平気じゃないけど、どうしようもないじゃない。今まで女にモテたことがないから、有頂天になって楽しくてたまらないのよ。バカみたい！　怒る気も失せたわ。ほっといてやったら帰ってこなくなったの。もう離婚しようかって思っている」

意外な多恵子の打ち明け話に驚いて黙っていたら、多恵子は、フン！　と鼻で笑った。

「でも、ご主人は本気じゃないのでしょう?」多恵子のぶすっとした顔を見て続けた。

「ちょっと遊びが過ぎているだけじゃない。で、その相手の顔って、見たことあるの?」

「あるわ、偶然にも二回もよ！　私は滅多に行かないのだけど、知り合いに付き合ってマーブンクローンというショッピングセンターに行ったのよ。そしたら、そこにタイ人娼婦と日本人客らしいのがいると思ったら、主人だったの。まさかの、まさかよ！」

「見間違いじゃなかったの?」

「自分の夫よ！　見間違えないわよ。現実を目の当たりにしたら固まっちゃったわ。腹が立つより何より、あんな安物の女と、と思うと情けなくなった。二十歳そこそこの浅黒い女と仲よさげに安っぽいワンピースを物色していたの。私が見ているのに全然気づかずデレデレしていたわよ」

——二十歳そこそこの女、と聞いて軽い衝撃が走った。多恵子も若い女に……。

「ご主人と普段、そこに買い物に行くの?」

「行かないわよ！　そこはね、私が買いたい物なんてないの！　欲しい物がないのに行かないわよ。だから遇《あ》わないと思ったのでしょう」

「そう……なんだ」

「あと一回はね、たまたま日系のスーパーにアヤサン、ああこの国ではお手伝いさんのことをアヤサンと呼ぶの。アヤサンを連れて食料品を買い出しに行ったら、ウィークデーの真っ昼間に、主人と彼女がスーパーの中にあるレストランで食事をしていたの。それも彼女の家族かなんだか知らないけど、貧相なタイ人ばかり年寄りから子供まで十人くらいいたかしら」

「家族？　それって、何か事情があるんじゃない。工事をして近隣に迷惑をかけたとか、世話になったとか、浮気じゃなくて仕事の問題じゃないの？　まさか、情事相手の家族とランチはないでしょう」

いくらタイとはいえ娘の買春相手と、そんな非常識なこと考えられない。

「何言っているのよ。ここはタイよ！　仕事の関係であんな人たちとありえないわ！　見た瞬間は驚いて言葉が出なかったけど、あの主人の顔、ニヤつく顔を見たら情けなくって吐きそうになったわよ。だからすぐに家に帰ったわ」

「えっ、ご主人を見かけて知らん顔をしたの？」

「当たり前じゃない！　だって、あの状況で声なんてかけられるものですか！」

「それは、そうね……」

「アヤサンが言うにはね、容貌からして彼女はスラム街に住んでいる地方から出てきた売春婦だって。それでたぶん、家族を養っているって」

「一目見ただけで、そんなことが分かるの？」

「アヤサンはスラムに住んでいる友達やら売春婦の知り合いが多いからそのへんの事情には詳しいのよ。そして、その家族に主人はたかられているって。ようするに主人は金蔓《かねづる》にされているのよ」

「そうなの？」

「アヤサンがね、このままにしておくと売春の客というだけでは済まされず日本に逃げ帰るはめになってしまうって。だから、縁切りの黒魔術をしたほうがいいって言うの」

「何、それ？」

「私もよく分からなくて、長く住んでいる日本人に聞いてみたのだけど、黒魔術は正当な願掛けと違って悪霊の力を借りるんだって」

「今の時代に……？　何だかリアリティーのない話だわね」

「でも、アヤサンは絶対に効果があるって言うのよ。知り合いの何人もがね、それをして亭主の浮気がおさまったそうよ。この近くによく効く祈祷師もいるらしいの」

「ふーん、シャーマンみたいなのかな？」

「シャーマン？　よく分からないけど、たぶん違うわよ。やり方はね、主人の写真の裏に呪文を書いて枕の下に敷いて寝るの。すると相手の黒い縁を解く効果があるのですって。そして祈祷師のところに行って、蝋燭を立てて呪文を唱えた水を頭からかけられるの。ただし、その時は腰巻き一枚にならないといけないらしいの。私はそんなことできないから、アヤサンが代わりにしてくれるって。それで祈祷した水を主人に飲ませるといいそうなの。それでもダメな場合は髪の毛を煎じた水を飲ませるのですって」

「ご主人、お腹こわすわよ」

「いいわよ、別に。お腹をこわそうと死んでしまおうと」

多恵子はここオリエンタル・ホテルの川沿いのラウンジで、自分のここ最近の話、面白くない嫌な話を淡々とする。私の念頭にいる多恵子は、他人には事実を曲げ、表面を取り繕い、優雅さを強調した自慢話を聞かせる人、と思っていたのに。

この人、こんな性格だったかな？　本音を包み隠さず曝け出すような人……だった？

私、この人について間違った認識を持っていたのかも。

「ねえ、それで、そのアヤサンとやらのすすめる黒魔術、実行するの？」

「しないわよ！　少しは考えたけど胡散臭い！　どうせ、お金目当ての騙《だま》しでしょう。私は日本人よ。怪しい話には乗らないわよ。もし、そんな話に乗ったらひどい目に遭うのは火を見るよりも明らかよ」

「えっ？　祟りとか……？」

「何言っているの、非科学的なことを。噂よ！　アヤサン連中の横のつながりってすごいのよ。アヤサンたちは噂話が大好きなの。暇さえあれば雇い主の噂をしているわ。あそこの奥さんがどうのこうのってね！　そして、その入手した話を自分の点数稼ぎに雇い主に聞かせるのよ。私にもいろいろ噂話を持ちかけてきたわ。だから、うるさい！　どうでもいい！　て、怒鳴ってやったわ。そんな中で黒魔術なんかやってみなさいよ。ここら一帯の日本人に、主人のバカがばれてしまうわよ。もう、ばれていると思うけど。その上、私までがバカ騒ぎしたら絶好の餌食にされるわよ。あそこの奥さんは嫉妬に狂って、よりによって黒魔術だって、くるところまで来たわねって」

「へえー、すごい」

「そうよ、私にとってここバンコクは生やさしいものじゃないのよ。日本人奥さんたちの柵《しがらみ》だらけ。とにかく退屈で時間を持て余している人たちばかりなのだから」

「いい身分ね。お金もあって暇もあって、それでエネルギーを持て余しているなんて」

私とはあまりに乖離した世界に、つい皮肉っぽい口調になってしまった。

「で、多恵子はそれに染まらず、タイ語を活かして何かしているの？」

「それがね、この国、おもしろくないのよ。駐在員の配偶者はボランティア以外働けなくって、所得は得られない仕組みになっているの」

「へえー、そうなんだ。じゃあ、ボランティアで奉仕しているの？」

「それがまたうっとうしいのよ。そこには古株のオバサン連中が巣くっていて、嘘くさい美談をこれでもかってくらい聞かされるの。獅子奮迅の活躍とばかりにね。それに陰口と悪口が蔓延して嫌になるわよ。おまけに夫の企業の力関係なんかがあったりしてバカみたい！　一カ月ほど通ったけど、もう我慢ができなくって近頃は参加していないの。たぶん、今頃は私の悪口で持ちきりだと思うわ」

「すごいのね、その歪んだエネルギーのオバサンたち！　深入りしないのが賢明かもね。でも、ほかに知り合いとか友達はいるのでしょう？」

「ええ、タイ語や料理の教室ではね」

「じゃあ楽しい……ことはないか。タイ語が流暢になって、ここの暮らしが充実していそうに見えたけど、ご主人が帰ってこないのじゃねえ。ご主人は日本勤務の予定はないの？」

「それが、今のところなさそうなの……。もしかして、主人自身が拒んでいるのかもしれない」と、言った多恵子の顔が曇った。


多恵子はどうせ家にいても主人は帰ってこないし、ホテルに一緒に泊まると言い出した。幸いにシングルルームを予約していたのだが、どういうわけかツインルームになっていた。

「ねえ、もう夕方だわ。涼しくなったし運転手を帰してしまったし、少し歩かない？　歩きながらバンコクの街を見ておきなさいよ。それと、夕飯は家に来てよ。アヤサンに用意させているから」

多恵子は夕飯を招待してくれた。そして歩きながらこの通りは何々、あっちは何々通りと一生懸命に説明をしてくれている。なのに聞き馴染みのない言語の街名と道路名にさっぱり覚えられない。だが、街は刺激的で私の好奇心を駆り立てた。

「今歩いているここは、何て通りだった？」

私はキョロキョロして三度目の同じ質問をした。

「だから、スリウォン通りだってば！　スリが韓国の通貨ウォンを狙っているって覚えておけば」と、教えてくれた。

「スリがウォンね。スリウォン通りと」

これ以上聞くと、多恵子は切れるおそれがある。手帳に書いておこう。

学生時代からどうも私は外国語、と言っても授業の英語だけど苦手だった。日本語の文法が観念と結託して邪魔をし、聞き慣れない発音や文字は頭になかなか定着しなかった。だが、多恵子はスムーズにこなしていた。

昨日ついたばかりでよく分からなかったけど、バンコクの道という道には露店や屋台がある。偽物の高級ブランドのTシャツが道行く人の目につくよう並べられていた。

「ねえ多恵子、このTシャツ一枚ずつ買わない？　今日のお礼に私がプレゼントするわ」

と、言うと、急に多恵子の顔が歪んだ。

「そんなのいらないわよ！　偽ブランドよ！　ここでそんなのを着ていると、ここに住む日本人に『軽薄な人』と、バカにされるわよ！」

額にしわがよっている。この偽物のTシャツ一枚がそんなに重大事なのか？

「私はその面倒くさい仲間じゃないから何思われてもいいわ。買っちゃお」手持ちの服が少ないので洗い替えに良さそうだ。

三枚、五〇〇バーツと日本語で書いてあったから、色違いを三枚選び屋台のオバサンに渡そうとしたらグイッと腕を引っ張られた。

「ちょっと待ちなさい！」と言った後、多恵子は突然オバサンに交渉を始めた。タイ語だから何を言っているのか分からないけど、たぶん値切っている。そして言い合いになった挙げ句立ち去りかけた。するとオバサンは慌てて「300」と表示された計算機を見せた。

「すごい！　多恵子、二〇〇バーツもまけさせるなんて！」

「二五〇バーツにしろと言っているのにしないのよ。アッコがうれしがるからよ」

多恵子は逞しい。自分は買わないのに私のために軽蔑しているTシャツを値切ってくれた。日本での多恵子は、あんたたちのやるつまらないことには関わらない、そんな感じだったのにタイでは別人みたいだ。

「スクンビット、ソイ26」、と手帳に多恵子の住所を記述し、後で地図と照らし合わせてみることにした。

多恵子の住んでいるエリアまで来ると塀で囲まれた一画があり、ガードマンボックスがあった。塀の上には有刺鉄線が張り巡らされている。もしかして電流が流れているのか、かわいそうにリスが感電死して落ちていた。中に入っていくと四ＬＤＫから五ＬＤＫの二階建て住居が複数建っていて、全て日本人駐在員が賃貸で住んでいるそうだ。個々の住居の間に塀はないが、お隣までの距離が三メートルほどあり、間に樹木が植えられプライバシーが保たれている。

「ここよ」

多恵子はオリーブ色の屋根にベージュのモルタル壁、玄関脇の濃いピンクのブーゲンビリアが目立つ家を指した。

「ステキじゃない！　ブーゲンビリアが南国らしいわ」

「外観は今ひとつだけどね。この国で、お風呂にお湯が出てキッチンが備わっているとなると、外国人向けのこういうところになるのよ。まあ、家賃もそこそこで会社が契約してくれたのだけど」

玄関を入ると異国情緒を漂わせる女性が出てきた。腰巻き姿のミルクチョコレート色の肌をした五十歳くらいかな？　外国に来たという感じがする小柄なオバサン。この人が黒魔術をすすめるアヤサンだな。

アヤサンの作ってくれた夕飯は、豚肉のソテー、春雨サラダにオムレツのタイ料理だった。どれもビギナーの日本人には食べやすかった。

「タイ料理って、辛いって聞いていたけれど、それほどでもないのね」と私が言ったら。

「何言っているのよ、私たちに合わせて辛くないようにしているのよ。タイ人が食べるのって辛くて食べられないわよ。明日、おいしいタイ料理店に連れて行くわ。午前は部屋探しで、食後にタイ語教室に行こう」

私はうんうんと頷き、暗くなってきたガラス戸の外に目をやると、ここに来た時から気になっていた小屋がどうしても目に付く。せっかくの緑が遮られ、ピタリとこのダイニングにへばりつくように建っている。表玄関からは見えなかったけど、すごく違和感がある。

「ねえ、あの小屋、物置なの？」

「ああ、あれはアヤサンの家よ」

「家？　でも、一坪もないわよ」

「そうよ」多恵子は平然と言った。

入り口がここからは見えないので中はどんな具合か分からない。

「あそこって、住めるの？」

「住んでいるわよ。だって、得体のしれないタイ人と同じ屋根の下に住めないわよ」

「でも、なんでこんなところに？　せっかくの庭が台無しじゃない」

「仕方ないのよ。家主に頼んでアヤサン用の小屋を作らせてくれって言ったら、場所を制限されたの。敷地が共有だからほかの家からは見えなくて邪魔にならない場所、ここならいいって言われたの」

「でも、物置みたい。それに寝返りを打てば手や足が壁に当たりそうだし、クーラーはないみたいだし。どうして夜を過ごしているの？」

「クーラー？　あるわけないじゃない！　電気を通してないのに」

「電気もないの？」

「そうよ。でも、アヤサンはプライベートが保てて喜んでいるわよ。それに盗られる物なんて何もないから戸を開けっぱなしで寝て涼しいみたいよ。昼間でも、私がいれば居心地が悪いのか、すぐに自分の家に行ってしまうのよ。よく入り口に座っているわ」

「トイレは？」

「トイレね。ここの庭に清掃員のトイレがあるの、夜はそこを利用しているわ」

「そう。でも、あの家、蚊とか蟻が入ってくるでしょうに」

「殺虫剤をばんばんふりまいて蚊取り線香を焚いているわよ。そんなことはあまり気にならないようよ。それにね、自分に家があると思っているのよ。喜んでいるわよ」

「へー、そんなものかしら？」

「そうよ。その証拠にあの小屋を作ってからすぐに、田舎から用事でピーが来たから泊めてもいいかって聞くのよ。ピーはタイ語で兄または知り合いの年上男性を指すの。私はその時よく知らなくて兄だと思って承諾したのよ。だけど知人のほう、年上の恋人だったのよ」

「えっ、恋人？　あの人、そんな恋愛をするような年齢じゃないでしょ？」

「なに言っているの、すごかったのよ、その晩の喘ぎ声！　もう吃驚して何も言えなかったわよ。こっちはエアコンいれているからガラス戸を締め切っていてもアヤサンたちは開けっぱなしじゃない。そこら中に漏れ渡っていたわよ。恥ずかしい」

「うそ！　信じられない」

この小屋でどうして男と寝たのだろう？　考えられない。

「その時はまだ主人も家にいてあきれていたわ。何といっても近所にみっともないし迷惑じゃない。まあ、隣は単身者で留守だったからよかったけど。第一、気持ち悪いわよ。想像したくないけど考えたら吐きそうよ。それからは家族でも宿泊は一切禁止にしたの」

信じられない。枯れ枝みたいな身体で前歯が一本抜けて、くたびれた腰巻き姿。どう見ても年のいった小母さんなのに、その人が精力絶倫？　エクスタシー？　怪奇現象のようだ。

「いったい、アヤサンは何歳なの？」

「一つ下よ」

「えー？　じゃあ、三十六歳なの？　嘘みたい」

思いがけない年齢だ。でも、見かけによらず動きはキビキビしたところもあった。だけど、多恵子の言葉は、また驚かせた。

「違うわよ。私たちより一つ下、三十四歳だわよ」

「えー？　私たちより下？　私、あの人より年上なの？」

「何度、吃驚しているのよ！　旦那は八年前に交通事故で亡くなったのだって、子供は男の子ばかり三人いるのよ。長男は十三歳だけど出家をしてお坊さんなの。子供の時からお寺に預けたのは貧しくてお金がないから口減らしのためだって」

「口減らし……？」

「次男は子供がいない夫婦にあげたのだって。年寄りだから使い走りに便利だという理由で」

「あげた……？」

「三男は八歳で、旦那が死んだ時はまだお腹にいたそうよ。それで働かないとお金がないからお姉さんに預けているのだって。給料をほとんどその姉に仕送りしているわ。農家だけどお姉さんの旦那ってやつが働かないらしいの」

「なんと、今の時代じゃないみたい。子供を育てるのにお金がないから長男は出家？　次男は他人にあげた？　考えられないし信じられない」

アヤサンが腰巻きをジーンズにはきかえて現れた。ジーンズ姿になったら少しは年相応に見えないこともない。多恵子とタイ語を二言三言交わした後、私にニコリとして出かけていった。

「暗いから外を歩くと危ないじゃない。だから、アヤサンに近くのホテルまでリムジンを呼びに行かせたの」

「あら、私たちのために？　アヤサンに悪いわ」

「仕事だわよ。あの人なら夜道の一人歩きも平気よ。誰も襲わないと思う。それに今夜は私が留守だと喜んでいるわよ。禁じているけどこの部屋で勝手にクーラーをつけてテレビを見ると思う」

「そうなんだ。多恵子に雇われるまでクーラーの効いた部屋でテレビなんて見たことなかったかもね」

「そうでもないわよ。結構なれているのよ。日本人駐在員宅ばかりのお手伝いさんをしているからね。なかには人のいい日本人がいて自由に好きなようにさせてくれるし、お金も前借りさせてくれるのだって。前の雇い主はいい人だったと私に嫌みをよく言っているわ」

「へー」

「でも、そのたびに言ってやるの、その人はその人、私は私。気に入らなきゃ辞めてもいい、ってね。そしたら黙るの。でも二回も前借りさせてやったのよ。次からはノーと言い渡しておいたけど。いい顔していたらつけあがるのよ。タイ人のいい人はいい人の上に都合がつくのよ。自分のプラスになる人ね！」

多恵子らしいけじめの付け方だ。情に流されない。

やはり多恵子の言っていたとおり、アヤサンはウキウキして戻ってきた。そしてすごくうれしそうに私たちを見送った。

多恵子はそれを見て「合い鍵をアヤサンに持たせたくはないけど、電話で指示をするときに部屋に入れないのは困るから仕方ないのよ。どの家政婦も雇い主がいないすきに家政婦仲間で電話を使いまくるの。ほんと、癪に障るわ」と言った。


タイに来て七日目、多恵子の知り合いの口利きでガードマンが常駐するお湯の出ないバス、トイレ、ベッドにエアコン、家具付き安アパートに引っ越してきた。多恵子は家賃が安く利便性を考えると掘り出し物だと言った。しかし、このアパート、古くて暗い。ここに漂う空気は人を憂鬱にさせる。でも、少しの間だし自分で探すのは慣れない外国で難しそうだ。我慢することにした。

部屋は三階、窓には狭い路地を挟んで向かいのビルが迫っている。見えるのはクラックが雷光のように走る打ちっぱなしの外壁だけ。この景色、うら悲しさを誘う。日本を出るまでの恐ろしい孤独と陰鬱が蘇ってきそうで過呼吸にならないか心配だ。

しかし窓にくっつけば斜め下に華僑らしき家族の生活が見える。隣接するビルの各階の高さが一致しなくて窓の高さが違い、プライベートが保たれている。偶然だろうがうまくできている。

良くないことだと分かっているが寂しくなればその家族を覗き見してしまう。今もその家族を見ていたら、壁に大きなゴキブリがいた。日本では見たことのない大きさにゾクッとし、慌てて窓を閉めた。それにこの狭い路地には夕方から屋台が陣取って食べ物の匂いが充満する。そして朝になればその食べ滓が腐敗臭に変わる。おまけに、表通りの雑居ビルは雨も降っていないのに軒からジャージャーと水が流れ落ちてくる。エアコンに問題がありそうだ。嫌だけどここを通らないとどこへも行けない。だが、このバンコクという街をよく見てみると、安い賃貸となればどれも似たり寄ったりでこんなものと納得した。

第二章

語学教室

多恵子から紹介されたタイ語教室に通い始めて、時間の経過と共に多恵子以外の日本人やタイ人の知り合いが増えてきた。毎日が異文化の好奇心と驚きですごく楽しい。そして私が自由に動き回れるようになった頃、多恵子が突然日本に帰ると言ってきた。

理由は夫が交通事故を起こしたから。

真夜中に愛人とホアヒンビーチにドライブに行く途中、雨が降っているにもかかわらず飲酒運転のうえかなりのスピードを出していたらしい。その結果、夫は重体、愛人は即死。早朝に警察から電話があり、多恵子が駆けつけた時には夫は意識を回復しており事故の全てのことを把握していたらしい。

ベッドに横たわる久しぶりに見る夫の顔、包帯と絆創膏だらけでなんとも情けなく正視するに耐えられなかった、と多恵子は言った。

顔を背ける多恵子に夫は「すまない」と謝罪をし、重い沈黙の後、「君は日本に帰ってくれ。後のことは会社に任せるので」と言ったらしい。だから多恵子はためらうことなく「そうさせてもらう」と、すぐにその場を立ち去ったという。

だけど、夫は命に別状はないとはいえ重体なのだ。いくら腹が立ってもそれでいいのかと問うてみたら、「仕方がない」と言った。

でも、このままじゃ、と言いかけた私の言葉を遮って「同乗させていたタイ人が死んでいるのよ。ここは日本じゃないのよ。これからどんな訴訟が持ち上がるか分からないし、また何が起こるか分からないわ。だから企業の弁護士に任せて、私は一切関わらない。それより何よりも見たくないわ、煩わしい修羅場」

「修羅場……?」

日本の感覚しか持ち合わせていない私には考えられない。当事者の配偶者が煩わしくて逃げ出すなんて。

「そうよ、修羅場になるわ。とにかく相手は貧しいのよ。弁護士の話じゃ死んだ女は一家の大黒柱で、働かない父親だけでなく親戚までもが寄りかかっているらしいわ。だから収入源が断たれたら大騒ぎするわよ。多少の金額なんかじゃおさまらないわよ」と危惧し、多恵子は怯えていた。

私のアパートまで帰国を告げに来た多恵子は顔が強ばっていた。かなり早口になっている。事件から逃れたい焦燥が見てとれる。

明日、帰国する手配はできているが語学教室やら一応所属しているボランティアの会などに帰国の旨を伝えなければならず、一身上の都合との理由で退会届を郵送したが、夫の事故を早々に聞きつけた人たちから電話が止めどなくかかってくることは分かりきっている。多恵子はその煩わしさから逃げてきたようだ。今夜は空港に隣接しているホテルで過ごし、朝一番の便で帰国する手筈になっていた。

「嫌でたまらない！」吐き捨てるように言った多恵子は、眉間にしわがより目が怒っていた。こんな多恵子の顔を見たのは初めてだ。

「きっと今頃、奥さん連中の間で私の噂がすごい勢いで広まっていると思うわ。事故だけじゃなく私たち夫婦の有ること無いことを詮索して、勘ぐって嗤っていると思う。それに一番気になるのがアヤサンよ！　彼女には口止めはしておいたけど、そんなの効き目なしよ。今頃、ここだけの話って、ヒソヒソといい気になって喋っているに違いないわ。ああ、嫌だ！」

「お手伝いさん同士の井戸端会議ね。ところで、アヤサンはどうするの？　辞めてもらうの？」

「ううん、主人は退院したら家に戻るしかないわよ。その時に誰もいないと困るから慣れたアヤサンをおいておくわ。しばらくは誰もいないから、やりたい放題にされると思うけど」

「そうね。でも仕方ないわね。ところで、大切な物はすべて持って帰るようにしているのよね？」

「そのつもりだけど何か忘れているような気がして。アッコ、悪いけど家の鍵を預かってもらえない？」

「鍵を？　……もし、忘れ物があればそれを取りに行って日本に送ればいいのね」

「うん、そういうことがあればね。それより何より、たまに覗いてほしいの。どうなっているか気になるじゃない。私の連絡先は実家よ。知っているでしょう。電話番号も分かっているよね。何かあれば電話して。コレクトコールでいいから」

多恵子と別れた後、タイ語教室に向かった。

授業は初級コースのグループレッスンで、同年代の明美さんと梓さんという日本人三人で受けていた。私同様この二人も観光ビザで滞在している。ただタイが好きというだけで。だから、ビザ更新の際はクアラルンプールまで仲良く一泊旅行を楽しんだ。多恵子もこの教室の上級クラスに在籍していた。多恵子のクラスの講師はクスマーさんといってチュラロンコン大学の女子学生で、多恵子は彼女に教室以外でもプライベートレッスンを受けていた。この日、私は偶然にクスマーさんにばったり出くわした。

「多恵子さん、リタイヤーすると日本人の知り合い、言っていたネ。なぜか理由知っているか?」と、私が多恵子の友人だと分かっているので駆け寄ってきた。

「そうなの? 私、何も聞いてないけど」と、とぼけてやった。

もうすでに、この人も知っている。多恵子の言っていたことは当たっていた。情報の伝達の早さ、怖い国だ。このクスマーさんという講師に多恵子は信頼をおいていたが、今は口を閉ざしておいた方がいい。

「多恵子さん、もうタイ語レッスンしないのかなあ? あの人、タイ語検定、上級の資格、取る、言ってた。試験もうすぐネ。必ずパスする。残念ネ！」

「そうね。だけど何か事情があるのでしょう。また、試験は次の機会に受ければいいじゃない」と、突き放した返事をした。

だけどクスマーさんは私から離れようとしない。だから、「レッスンが始まるから」と手を振って教室に入った。

しつこいクスマーさんを回避してやったと、ほっとして着席すると、そのクスマーさんが私の隣に座った。レッスンに参加するつもりらしい。もう何で？　と思ったが帰れとも言えない。

講師のケマリット君が教室に入ってくると、すぐにクスマーさんの存在に気付いた。そして聞き取れない早さのタイ語で話した後、普通にレッスンが始まった。クスマーさんがいても問題はないらしい。

私が覚えきれていない文章の問題にクスマーさんは口を挟んでくる。

「プーレオレオ！（速く話せ！）　彰子さん、文章覚えるネ。でないと先に進めないネ。文章、全部暗記する」と、ケマリット君を差し置いて、私に良くない点を指摘し苛立たせてくる。それでなくても多恵子のことで授業に集中しづらいのに、私の額にしわが何本もより始めた。しかしこれで終わらず、明美さんにも梓さんにも同じようにいちいち苦言を呈す。基礎コースの私たちに慣れない単語を思い出す猶予を与えず待ったなしの出しゃばりに、ここにいる人の顔色がだんだん変わってきた。それをケマリット君は察知し「ギィアブ！（静かにしろ）」とクスマーさんを睨んだ。一瞬静かになったが五分も経たないうちにまた出しゃばってくる。全く効果はなかった。

「考えないネ。覚えてしまうネ。文章全部覚える。それを応用するネ！」と、クスマーさんは誰かが答えにつまずくたびに一人喋り続けていた。教室の空気が凍り付いた時、とうとうケマリット君の我慢が限界になり、二人の間で激しいやりとりがあった。その後、クスマーさんはプイと出て行った。

「コートー・カップ（ごめんなさい）気分を悪くさせました。授業の後、お詫びにドーナツ奢ります」と、美形だと自覚のある顔をケマリット君は利用した。

私たち三人はレッスン後の夕飯は一緒に食べる約束になっていた。しかし、食事前にドーナツ？　いらない。

「わぁー、ドーナツ、うれしい」とはしゃぐ振りはするけど、このビルの一階にあるドーナツ屋のドーナツは、食べた後必ず胸焼けをおこす。気分が乗らない。

レッスン後、帰り支度を始めるとケマリット君を気に入っている明美さんが「クン・クルー（先生）、ドーナツより食事に行かない？　私たちがいつもお世話になっているお礼にご馳走するわ」と誘った。今までにも何回か誘ったが、ハイミスばかりなのが気に入らないのか次のプライベートレッスンがあるからと断られていた。だがこの日はキャンセルになったとかでニコニコ顔で同行することになった。

「彰子さん、待ってたよ！」

ドアを開けたら、クスマーさんが壁にもたれて立っていた。

——うわっ、まだいた。

「ねえ、彰子さん。多恵子さんのこと話したい。夕飯の時間ネ。何か食べに行こう」

結局、強引にクスマーさんも加わって五人でシーフード店に行った。

「ねえ、多恵子さんが本当にどこにいるか知らないネ？」

「本当に知らないわよ」

「そう。本当に知らないネ。私は日本に帰った、思うけど、高木さんはどこかに隠れていると言っていた。でも私はもう多恵子さん、タイにいない、思うネ」

クスマーさんの言葉の語尾に付くネが耳につく。それに、助詞と接続詞が抜け落ちていることがたびたびある。日本語を流暢に話すクスマーさんでも、日本で暮らしたことのないタイ人特有の日本語会話だ。

「高木さん？　誰、その人？」

「ああ、高木さんネ。彼女は多恵子さんにタイ語教室を紹介した人。日本人駐在員の奥さんネ。最初は高木さんと多恵子さん同じクラスだった。多恵子さんはまだ教室を利用しているけど、高木さんは完全なプライベートレッスンに変わった。教室にリベート払わないネ」

「その高木さんが多恵子さんをなぜ探しているの？」

「多恵子さんの旦那さん、売春婦と事故を起こした。そして急に多恵子さん、いなくなったネ。多恵子さんの顔を見て慰めたい、言ってたネ」

「別に高木さんに慰めてもらいたくないんじゃない。ほっといてと思っているかもよ。でも、高木さんは多恵子さんの事情をよく知っているのね」

「売春婦が死んだ。揉めた。だから多恵子さん、逃げたと言ってる。旦那さん、ずっと浮気して家に帰らなかったも言っていたネ」

「そんな事情、高木さんは誰から聞いたのかしら？」

「それは知らない。誰から、言わないネ。それと、高木さん、何で離婚しない、言ってた」

「えー？　そんなことまで」

「だから私、言ったネ、上級のタイ語検定の資格、取るから」

「……」

ケマリット君を囲んでシーフードを楽しむはずが、クスマーさんはしきりに多恵子のことを話してくる。

「ねえ、多恵子さん家、日本に電話してみない？」

「えー、日本の家？　日本の家はタイに来る前に売ったと聞いたわ」

「そう……。じゃあ、お父さん家は？」

「お父さんの家の連絡先まで知らないわよ」

「じゃあ、日本、友達に聞いてみたら？」

「うーん、共通の友達って……？　いないな。日本人はあまり友達をつくらないからね。特に多恵子さんは友達が少ないの」

多恵子の友達が少ないってことになんとなく納得しているようだけど、まだしつこく言ってくる。

「学校、同じだったから、誰か、知っている人、いないネ？」

「知っている人……？　いないわ。もし、多恵子さんから連絡があれば、クスマーさんにすぐに教えるわ」と、話を締めくくった。それでも、クスマーさんは納得のいかない顔で次の手段を考えていた。

その時、明美さんがチャーハンをよそい分け、心ならずもクスマーさんの前にも置いてあげた。なのに、面倒くさそうにそれを押しやった。その瞬間、重い空気が流れた。ケマリット君がクスマーさんのその態度を訝り、彼女を無視し私を自分たちの話題へ引き込もうとした。

「彰子さん、タイ、慣れてきた？」「タイ、どこ、好き？」と質問をしてくる。それなのに彼女はまた、「何か方法はあるネ」と、多恵子の消息に未練がましく割り込んでくる。

ついにケマリット君は怒ってしまった。

「今日は日がよくないネ。また、今度！」

私たち日本人には笑顔で、クスマーさんは無視して「チェックビン」お勘定と店員に手を上げた。

クスマーさんはその後、多恵子の今後を知る手段を断たれてしまってはと危惧し、私のアパートの所在地と電話番号を教えてくれと言ってきた。おまけに教えた住所を信用していないのか、送ってやるとアパートまでついてきた。住所なんか教室で調べればすぐに分かるのに。

「ケマリット先生、怒っていたわよ。どうするの？」

「ケマリット？　フン！　あんなやつ、問題ないネ。実力ない。けど威張っている。大学、三流ネ。日本に留学をして日本人彼女いた、言ってるけど、たぶん、嘘ネ。漢字は小学一年生くらいしか書けない。それに、もうすぐタイ語講師、辞めるよ」

「えー？　辞めるの？」

「そう、辞めて日本人観光ガイドになる」

「ガイド？」

「そう、その方がお金、儲かるネ」

「簡単になれるの？」

「なれる。今、日本から観光客多いネ。ガイド足りない。私も大学卒業したらなろうと思う」

「ガイドに？　ガイドはただ観光地を案内するだけでしょう。それも同じところばかりじゃない。いい大学なのにもったいないわよ。もっと違う仕事につけば」

「そう、観光地ばっかりネ。とても面倒。けど、お金、他の仕事より儲かる。買春目的で日本から男来る、一人、二万円、三万円払うネ。五十パーセント元締め取る。三十パーセント女に渡す。二十パーセント、ガイドに入る。団体なら二十パーセントの人数分が日当にプラスネ」

「信じられない」

「そう、信じられないネ！」

私が信じられないと言ったのは、売春婦の取り分の少なさにガイドの便乗する狡さ。おまけにこの人、自分と同じタイ人女性の売春で稼ぐなんて、一流大学の女子学生が平気で話している。そのことの方が信じられない。

その後、ケマリット君の悪口を散々言っていた。「パグワーン（お世辞ばかりの女たらし）だから、彰子さん気をつけたほうがいい。ケマリットの褒める言葉、全部うそネ！田舎者のくせに生意気！　頭も悪いネ！」

どうも出身校や出身地でケマリット君をバカにして見下しているようだ。教室でも上級クラスはクスマーさんがおさえケマリット君にはビギナークラスしか回ってこない。十二分にケマリット君をコケにしながら私のアパートに着くと納得して帰っていった。

翌朝、私は多恵子を空港まで見送りに来た。何か聞き忘れていることがあるような気がして、それにクスマーさんから聞いたことも伝えねばならないから。

空港のコーヒーラウンジは人がまばらでガランとしていた。

「日本に着いたら電話してよね」

「ええ、そうする。それと、アッコにこれ預けとく。昨日、鍵と一緒に渡すはずだったのに忘れていたの。家の敷地に入るときガードマンに見せて。証明書がなければ入れてくれないのよ。住人は顔で分かるけど、新しい人とかお手伝いさんもこれが必要なの」

分かった、と言ってパスケースに入った居住証明書を受け取った。多恵子は暗く沈んでいるだろうと心配していたが、意外とそうでもなかった。少しでも元気でいてくれたら安心だ。

「昨日、クスマーさんが心配していたわよ。教室まで会いに来て多恵子のことを聞いてくるの。何とか連絡取れないかってね。タイ語の検定試験、受ければ絶対にパスするのに惜しいって言っていたわ」

「そうよ、タイ語検定。私も惜しくってならないわ。受かる自信はあるのに。あの先生、クスマーさんはすごく熱心に教えてくれていたの。特に私に力を入れてくれていたみたい。『多恵子さんは覚えるのが早いし発音もいい。教え甲斐がある』て、よく言っていたから。だけど、それだけじゃなくて自分の生徒が検定にパスすると学校から講師に報酬があるのよ。それに、当然生徒からもお礼が期待できるしね」

「なんだ！　それで、あんなにしつこかったのね！」

「クスマーさんは他に何か言ってなかった？」

「あとは、高木さん？　多恵子をあの教室に紹介した人？　その人が多恵子たち夫婦のことをクスマーさんに話したみたい、事故やご主人との仲違いなんかを。それで今はタイのどこかに雲隠れしているみたいなことを言っていたそうよ」

「ああ、やはり。予想通りだわ。あの人が知っているってことは駐在員とその家族全員が知っているってことよ！　体中が口のような人だから。ああ嫌だ！　考えただけで吐き気がする。こそこそ嫌みたらしく話すのよ。どこの奥さんもそうだけど、寄って集ってどの人もこの人も何であんなに噂話が好きなのかしら。あの人たちの誰の顔も見たくない」

多恵子がこれ以上にないくらいの不愉快な顔をした。もしかして、重体の夫を残して帰国するのは事故後のいざこざが怖くて逃げるのではなく、事故を起こした不倫夫とその妻への中傷、その渦中に立たされるのが嫌で逃げ帰る？　ふと、そう思った。

「ねえ、ご主人のことが心配でしょう？　時々病院に行って様子を知らせようか？　それと死んだ女の家族、事故の後始末っていうのか、どうなったのかも知らせたほうがいいかな？」

「ううん、それはいいわ。主人は胸部打撲と脚を骨折しただけで、すぐによくなりそうよ。それに、もう女の家族は何も言ってこないわ。示談で済んだから。別に裁判になっても、どうってことないわよ。轢いたわけじゃなし、女の希望で酔っ払っているのに海に行ったのよ。同罪だわよ！」

じゃあ……なぜ……？　と、口に出かけた言葉は飲み込んだ。

「それじゃ、後のことは心配ないわね」

「あるわ。家のことよ！　洋服を置いたままだし、ベンジャロン焼きの食器だって集めていたのがそのままだわ。家具なんかもこの国では結構いいものだったの。上等なワインや洋酒も揃えていたし、それをそのままに出てきたのよ。気掛かりだわ」

「え？　物質的なことだけ？　ほかに気掛かりなことは？」

「気掛かりなこと？　気掛かりなことだらけよ。私のいなくなった後、駐在員家族の間で何を噂されているか考えただけでゾッとする。気になって仕方ないわ」

「そうじゃなくて、ご主人のこと！　ぜんぜん気にならないの？」

咎めるつもりはないのだが口調がきつくなった。

――しまった！　と、思った瞬間、多恵子の顔色が変わった。怒気の含む視線が私に向かってくる。

「私が、今、どんな気持ちだか分かる？」

「えっ？」

「今までどんな思いで過ごしてきたかアッコには分からないでしょう！　ずっと一人で待っていたのよ、帰ってこない主人をね。一人きりで過ごす家、周りの目を気にして針の筵に座らされているようだった。やっと帰ってきたと思ったら、義務だけで帰ってきているのが嫌になるほど分かるの。二人で向かい合っていても一人でいる時より寂しいのよ。すごく我慢しているのが分かるのよ。たぶん、私の見えないところに行きたかったのでしょうよ」

「そんな……」

「ごめん。主人の話をすると愚痴になってしまう」

「私こそ、ごめん」

そうだ、それとなくは分かっていたけど、気が回らなかった。多恵子の高いプライドと我慢の結果が今に至っていることに。

「もう、行かなきゃ。悪いわね、せっかくバンコクに来たのに、こんなつまらないことに付き合わせて。でも、ほかに頼れる人なんてこの国にいないのよ」

「そんな、とんでもないわ。私こそ、多恵子にお世話になりっぱなしなのに。何かあったら、すぐに連絡するわ」

多恵子は日本に帰っていった。

女友達の帰国のあと

一週間が経った頃、多恵子の夫の太田を見舞いに行った。やはり太田の現状をこの目で見て詳しく多恵子に知らせた方がいいと思ったから。

病室のドアを開けた途端、嘘のような光景が目に入ってきた。

ナニ、この状況？　すごく楽しそうな雰囲気。それに太田はすごく元気そうだ。

私はドアを開けるまでこう思っていた。太田は自分のしでかした責任で打ちひしがれ、病室の空気は重苦しいだろうと。なのに……。

一瞬、タイから国外追放になった日本人、十代の現地人妻を数人囲いハーレムを作っていた、その人と交差した。

私の勘違いならいいのだが、もしかして……？

太田の側に若くてエキゾチックで美しい少女が寄り添っている。まだあどけなさの残る少女がぴったりくっついていた。十四、五歳かしら？

「多恵子さんの友人の原です。ご挨拶が遅れましたけど、半年前からここバンコクに住んでおり多恵子さんには大変お世話になっています。お怪我の具合はいかがですか？」

太田は、なぜ多恵子の友人がと訝る面持ちで私を正視し、儀礼的に頭を下げた。

この太田とは顔を合わせたのは二度目だ。披露宴で会っていたが、私を忘れているというより最初から記憶がないのだろう。初対面の構えがあった。

「メイ、ジュース」と言って、少女の存在を消すかのように、お金を渡しドアを指した。すぐに少女はニコリとして百バーツを握り出て行った。

太田は不愉快かつ懐疑的な表情が消えず、多恵子の友人の私が何故ここに来たという理由を探っているようだ。

「ご存じだと思いますが多恵子は今この国にいません。なのに、何か？」

「すいません突然に。多恵子さんから事情を伺って気にはなっておりましたが、私がこちらに伺うのはご迷惑かと遠慮しておりました。でも、多恵子さんが忘れ物をしまして家の方に伺いたく許可をいただきに参りました。それに、多恵子さんがいらっしゃらないので、ご不自由はないかと気になりまして」

私の言い訳がましい挨拶に、太田は眉間にしわを寄せながらも一応は見舞いの礼を述べ、多恵子の忘れ物はいつでも取りに行ってくれて構わないと言った。そして、ため息を吐いた。

「多恵子とは親しくされているようですな？　いつからのお知り合いですか？」

「中学からです。短大まで同じ学校でした」

「そうですか。それなら多恵子のことはよくご存じですね。で、今は実家にいるのでしょうか？」

質問を返された。多恵子の居場所を知らない……？

「……そのようです」

「かなり怒っているでしょうな。たぶん、離婚になるでしょう。プライドの高い人なのに我慢をさせていましたからね。申し訳ないことをしたと思っています。私の身体が自由になれば日本に帰り、話し合って彼女の望むようにするつもりです。そのように彼女にお伝えください」

——ええ？　私に伝言を依頼する？　多恵子夫婦は完全に亀裂が入っている。

「分かりました。伝えます。それで今、お一人で何かご不自由はございませんか？」

「ええ、大丈夫です。先ほど、ここにいた女の子が世話をしてくれていますから。ああ、あの子は事故で死んだ女性の妹です」と、太田は言った。その言い放たれた言葉に私の顔色が変わった。

「まだ関わっているのかってお思いでしょうね？　多恵子から聞いていらっしゃる事故やそれらに纏《まつ》わる事情があるから」

「いえ……、私が口出しできるようなことでは」

「別に構いません」

一呼吸の後、太田は話し始めた。「言い訳になりますが、彼女たち、貧しくてね。私があの家族と縁を切れば、あの子は姉と同じ道をたどらなければならない。売春を余儀なくされるのですよ。今はあの子をどうしたものかと考えている最中です」

「でも、事故の和解金をお渡しになったと聞いていますが？」

「渡しました。しかし十分な額じゃなかったし、父親はまとまった金銭を持ったことがなかったので気が大きくなり、娘を弔うと言っては親戚や近隣の者に酒を振る舞い、残りは競馬ですってしまったようです。まあ、後のことは考えないっていうより彼の保険が先ほどの女の子なのです」

「何と、信じられない」

「そんな世界です。毎月二万円渡そうが五万円渡そうが、どのみちあの子は売春の世界にいかされます。私がどこまであの子の力になれるか分かりませんが」

「あの子、幾つですか？」

「十四歳です。死んだ姉はあの子を専門学校に行かせてやりたいと言っていました。洋裁が好きでデザインの仕事に就きたいらしいです。しかし、姉の影響で日本語が少し話せるので、父親は姉の後釜にと私に押しつけてくるのです。だが、そんなことはできない」

「それは当然です。児童買春法に触れますよ」

「分かっています」

「あ、つい、余計なことを」

どうも先ほどの太田と女の子の姿からハーレムを作った日本人が頭から離れない。

「いや、そうです。私はあの子の姉と買春目的で知り合ったのですから」

予定外の方向に話がいってしまい取り繕う言葉が見つからず、沈黙が続いた。

「いつ行かれますか？　お手伝いさんに連絡をしておきましょう」

「あ、いつ行くかは決めてなくって、そのうちに伺います。ですからご連絡はしていただかなくても。鍵と出入りの許可証は多恵子さんから預かっていますので」

「ああ、抜き打ちですか？　アヤサンも大変だ。多恵子らしいですな」

太田は自分も監視されているだろうと推測したに違いない。

「そうじゃなくて、私の都合で」と、言い訳をしているところにメイと呼ばれていた少女が帰ってきた。メイは太田の顔色を窺った後、レジ袋を私の方に持ってきた。そして、「ドレ」と言い、どの飲み物がいいか選べと私に言っている。レジ袋にはミルクコーヒーの他、メロンジュースに乳酸飲料が入っていた。タイで売れ筋の異常に甘い飲み物だ。こういうのを好む年齢の子が家族の生活費を稼ごうとしているなんて、ちょっと同情をしてしまう。

太田が、「どうぞ、せっかく買ってきたのですから飲んでいってください」と言った。だから、とりあえずメロンジュースを抜き取った。彼女はミルクコーヒーをすぐ飲めるようにして太田に渡し、自分は窓際の壁にもたれイチゴ牛乳を飲み始めた。目がキラキラして飲料水の味を楽しんでいる。

病院を後にして歩き始めると、許可を得たことだし、ついでに多恵子宅に寄ってしまおうと思い立った。アヤサンの監視報告もある。

最寄りのバス停で降り、歩きながら今さっきの病院でのことを考えていた。

絆創膏とガーゼを貼った太田の顔を振り返り、多恵子が披露宴直前に同級生たちに漏らした言葉、「できることなら結婚を止めたい。あいつ、マザコン過ぎて気持ちが悪い」と言ったのを思い出した。

マザコンと思われるほど太田親子は仲が良かったようだ。その証拠に披露宴の間中、太田の母は太田を愛おしそうに見つめていた。私だけじゃなく他の同級生もそう感じたようだ。「あれはどう見ても息子を溺愛しているわね。多恵子はこれから大変だわ」と言っていたから。

あの母親は今のこの状況を知っているのかな？　かわいい息子が事故で入院しているというのに嫁は一人で帰国してしまった。あの母親ならこのことを聞けば怒り心頭に発し、日本から飛んでくるはずだ。けれど母親がタイに来ていないということは伝えていないのだろう。

今日太田に会うまで、披露宴でのマザコンイメージと、タイ人娼婦にのめり込み、そのタイ人を死亡させてしまった挙げ句、事後処理を会社と弁護士に任せ終わらせた情けない人だと思い込んでいた。でも実際は自分のやらかした責任を感じている。捨てておける事情を何とかしようとしている。多恵子への責任となると話は別だけど、死んだ売春婦の賠償だけで終われず、その妹も突き放せないでいる。太田は優し過ぎるような気がした。

そのメイという妹、あの子の生まれた環境が不憫に思えるし、運が悪いと言ってしまうには心が痛む。だが、あまり深入りはしない方がいい。

そう言えば、多恵子が言っていた。「彼は優しくて、私の言うことは何でも聞いてくれるけど、親や兄妹、知り合いの頼み事まで全て聞くから歯がゆい」と。自分の力の及ぶ範囲なら聞き入れる優しい人なのだ。だから、多恵子はこの人を選んだに違いない。でも、他の女、それも売春婦に気持ちを持っていかれ、戸惑いと悔しさがあっただろう。それに、まだあどけなさが残るメイだけど、彼女を収入源にしようとする親が太田を離さなそうだ。そのような輩にいつまでも太田を近づけさせてはいけない。メイには悪いけど太田が彼女の家族の面倒をみる必要はない。

だけど……。

もしかして死んだ女は太田にとって娼婦じゃなく心許せる恋人だった？　その死なせてしまった彼女の妹の面倒をみることで弔い償っているのかもしれない。そして、自分への罪の意識を収拾しているのかも……。

あれこれぐじゃぐじゃ考えていると多恵子の家の一画に着いた。

ガードマンに証明書を見せ敷地に入ろうとすると、「ユッド」ストップと手で制しながら待てと言われた。そして証明書に記載されている家に電話をかけ確認をしている。

何なのよ、この証明書があれば入れるはずなのに。何が問題なのよ?

仕方なく待っていたら、腰巻き姿のアヤサンが駆けてきた。

私の顔を見てギョッとしたが、すぐに「サワッディー・カー」と、丁寧に挨拶をした。そして明らかに何をしに来たのかという顔付きになった。それを無視し、私は「家に用事があるの」と敷地内にずかずかと入っていった。アヤサンは小走りに私を追いかけ、「ヨウジ、ナニ?」と、背中に問いかけてくる。

ヨウジ? ――あんたの監視だわよ。

「多恵子さんの忘れ物を取りに来ただけよ。直接ベッドルームに行けと言われているの」と、奥にある寝室まで通過する理由に先手を打った。

家の中はきれいに片付いていた。しかし、アヤサンは点検されていることを察知したのか、ニコニコ笑ってはいるものの表情が歪んでいる。私のそばから離れない。居間ではソファーの上に多恵子がタイ語教材用にと買ったファッション誌が無造作に広げられていた。

そしてクッションが一つ落ちていた。

「アヤサン、この部屋に誰かいたの？」私がわざとらしく雑誌はラックに、クッションはソファーに戻すと、「ナニ？　ウン……？？」日本語が分からないと首を傾げ、理解できない振りをする。したたかなタイ人だ。

「これ、お土産よ。飲んで」先ほど病院でもらったメロンジュースをアヤサンに渡した。するとと「アリガトゴザイマス」と、うれしそうな顔をした。そして、慌ててキッチンに行きペットボトルの水を持ってきた。多恵子はジュース類の買い置きはせず、水だけを冷蔵庫に入れていた。

アヤサンはずっとメロンジュースを見つめてニコニコしている。彼女は給料の大半を仕送りするので間食類は自分で買えないのだ。この国のお手伝いさんたちはたいてい、雇い主の余り物を台所で食べるのを楽しみにしている。だが多恵子は甘い物を好まないし、たとえ買ったとしてもピタリと残さずに食べ終える。

いつだったか、私たちの荷物持ちでアヤサンを連れてショッピングモールに行った時、安いバタークリームのショートケーキが目に入り、「まずいけど食べられないほどじゃないわ、気分転換に買って帰ろうか。おいしい紅茶があるの」と多恵子が提案した。

ガラスケースを見ながら二人がどれにするか決めた後、「アヤサンはどれにするの？」と私が振り返ると、多恵子に手をつかまれた。

「アヤサンはいらないわよ。私たちだけが食べるのよ」

——あんた、何を言い出すの！　と言わんばかりの顔をされた。

「えっ？　一緒に来たのに、安い物だしいいじゃない」

「お金の問題じゃないわよ。けじめ、なの！」

「ケーキ一つでけじめ？　私、お手伝いさんなんて雇ったことないから分からないけど、そこまでしなくても」

「何、言っているのよ！　お手伝いさんはお手伝いさんでも日本人じゃないのよ！　タイ人なの！　けじめをつけないとなめられるのよ！」

多恵子の家で紅茶を入れ、二人だけでケーキを食べたことがあった。

「オクサン、カエッテクルデスカ？」たどたどしい日本語で多恵子の状況を聞いてくる。

「さあ、分からないわ」

「ダンナサン、イッシュウカン、シタラ、カエッテクルデス。カイシャ、ヒト、イッタデス」

「へー、そうなの。一週間で退院なのね」

「ソウデス。ワタシニ、キュウリョウ、モッテキタヒト、イッタ。ワタシ、ダンナサン、シンパイネ。ビョウイン、イキタイ。ダンナサン、セワ、ワタシシゴト。デモ、カイシャ、ヒト、ビョウイン、オシエナイ」

「大丈夫、元気そうだったわよ」

「エッ？　アキコサン、イッタデスカ？　ダンナサン、シッテルデスカ？」

「ええ、この家に来る許可をもらいに行ったのよ。元気だったわよ」

「オオー、オネガイデス。ワタシ、イキタイネ！　イッショニ、イッテ」

何度も大丈夫だと説き、付添人がいることも話したが仕事をなくすのを危惧してか、泣き出しそうな顔でダンナサンに会いたいとしつこく頼み込んでくる。私が聞き入れるまで手を離さないつもりらしく強く握ってくる。

——ああ、うっとうしい！　もう、仕方ない。

躊躇いはあったが、「ついといで！」と、太田の入院する病院までUターンするはめになった。

ジーンズに穿き替えたアヤサンを連れて、恐る恐る病室に入っていった。すると太田の、えっ？　という戸惑いの目と合った。歓迎されていないことは重々承知している。また何を探りに来たと思われても仕方ない。間の悪い顔で頭を下げた。

だが、そんなことより、必要以上に太田にくっついているメイが気になった。ついさっきまで楽しかった余韻が拭いきれず顔が笑っている。二人で仲良く日本語の勉強をしていたのだろう。太田の膝の上に教材が置かれていた。

「何度もすいません。今日、ついでに用件を済ませてしまおうとお宅に寄れば、アヤサンが、どうしてもお見舞いに行きたいと……」

後ろからアヤサンが顔を覗かせた。振り向くと、アヤサンは涙を流している。

——嘘？　さっきまでお見舞いに持って行くリュウガンを散々値切り、少しでも見栄えのいいものを物色していたのに……、信じられない。

「ダンナサン、シンパイシタヨ。シンパイシタヨ」と、よれよれのハンカチで涙を拭き、メイを見ている。メイも私じゃなく無言でアヤサンを見つめている。張り詰めた空気の中、視線が絡んでいる。

「アヤサン、ありがとう。もう大丈夫だ。一週間ほどしたら家に帰る。その時はよろしく頼むよ」

「ハイ、ワカッタデス。ワタシ、カンビョウ、スルデス」

アヤサンがそう言った瞬間、メイが太田の手をグイッと引っ張った。するとアヤサンはメイをきっと睨み、ベッドの周りを整頓し始めた。自分の領域とばかりに自分の立場を誇示している。そして、窓枠にイチゴ牛乳の紙パックを見つけると、大袈裟にため息を吐きゴミ箱に捨てた。

「アヤサン、もういいよ。私が退院してから頼むよ」

「ハイ、デモ、キタナイ」と言いながら、メイを睨んだ。

メイはまだ子供だから気が回らないというより育った環境だろう。この子には片付けや清潔という概念がないみたいだ。そのメイはアヤサンにライバル心をむき出しにしている。おまけに連れてきた私にまで憎しみの含んだ視線を向けてきた。

「アヤサン。旦那さんの元気な顔を見たでしょう。そろそろ帰ろうか？」

「ハイ」と消化不良のような面持ちで返事をし、太田に「ダンナサン、ナニカイルデスカ？　マッサージ、スルデスカ？　ゴハン、イル？　ダンナサン、スキゴハン、ツクルデス」と非常に感情のこもった声で言った。

「ありがとう。でもここは病院だから食事はあるし何でも好きな物も買える。心配しないでもう帰りなさい」

太田に帰れと言われても動こうとしない。だけど、太田にとって私の存在は不愉快でしかない。この部屋から一刻も早く出て行ってくれと思っているに違いない。

「アヤサン、帰ろう」と、腕を引っ張ったが動こうとしない。「ではこれで」と頭を下げ、再度アヤサンを引っ張ったら、入り口にへばりつき「ダンナサン、デンワ、スグクル」と泣きながら言った。その間、メイはずっと太田の手を離そうとしなかった。太田は何度かその手をほどこうとしたが、メイはその都度力を増し握りしめた。

何だか、困ったことになりそうだ。意地でも太田の世話を譲らないとお互いが敵愾心丸出しにしている。

「アヤサン！　旦那さんの顔を見たら帰るって約束だったでしょう！」と怒鳴り、アヤサンを強引に入り口から引き剥がし連れ出した。その時、太田の笑い声が漏れ聞こえた。そして「原さん、アヤサン、ありがとう」と、太田の声が追ってきた。

さっきまで泣いていたアヤサンを見ると、嘘のように元気よく歩いている。おまけにヒウカーオ（お腹が減った）、と独り言を聞こえよがしに言った。何なの、この態度！　私に何か食べさせろと催促しているのか。この上なくゲンキンなタイ人だ！　多恵子なら絶対にあり得ない。だが私は奥様じゃない。知り合い程度の日本人ということか。

「アヤサン、この辺で何か食べて帰ろうか？」

夕飯時だし、どうせ屋台なら安いものだ。何か奢ってやってもいいと思ったのだが、

「ダンナサン、アエタ。ワタシ、リアンアーハン（ご飯、奢る）」と言う。

ええー、アヤサンが奢ってくれる？アヤサンのお金で食事するなんて喉を詰まらせそうだ。彼女の爪に火を灯すような倹約ぶりを知っているから。

「いいわよ、気にしなくて」と言ったが、彼女は奢ると言ってきかない。意外と律儀なところがある。

アヤサンに連れられてプラトーナム市場のごちゃごちゃとした界隈に来た。人混みの中を行くと、ソイの突き当たりにバーミー屋（汁ソバ屋）があった。

「ココデス」と笑顔で空いた席に座り、私にも腰掛けるよう勧めてくれる。屋台のテーブルは汁やナンプラーが飛び散りベトベトしているし、樹脂の椅子も粘つき気持ちのいいも

のではなかった。だが、アヤサンは合成皮革のバッグを胸に抱え、得意げに店員にルクチンというすり身団子入りバーミーナムという汁ソバを二人分注文した。

アヤサンと小さなテーブルを囲み、ホッと一息吐き、空を見上げた。

バンコクの夜は喧噪と蛍光灯の明るさが際立ってすごいエネルギーを感じるけど、空を見上げると暗い。日本の都会の夜は空高くそびえ立つ高層ビルの明かりが暗さを感じさせないのに、ここは天が暗い。

日本……、お父さん、どうしているかな？　口を一文字にして怒る父の顔が浮かんだ。


タイに来て十日目くらいに母に手紙を書いた。しかし、その手紙はまだ手元にある。手紙には安心を与えるため多恵子の存在を書き、アパートは日本人が多く住むガードマン付きだと安全を匂わせた。現実とかけ離れたニュアンスの嘘だけど。母への些細な心遣いだった。

だが、もしかして、この手紙を受け取ったら、母はバンコクまで来るかもしれない。そして何が何でも連れ戻そうとするかもしれない。そう思ったら瞬時にして心臓が締め付けられた。それで投函は止めた。

ルクチン入りのバーミーナム（タイ風のラーメン）が運ばれてきた。アヤサンが「コレ、イレル、オイシイ」と、私の容器にもプリックナムソム（唐辛子入り酢）や砂糖を混ぜ入れてくれる。知っているわよ、と思いながらスプーンでスープをすすると、引き締まった爽やかな味がした。

アヤサンがニコッと笑ってスプーンに麺をのせ食べ始めた。この人は小柄だから、こんな少量でも夕飯として済ませられるのだろうが、私は二杯食べても足りない。

食後、思いついたことがあり、デザートにドーナツ店に誘った。

「ここで好きなドーナツとドリンクをいくら食べても良いわよ」と恩をきせ、その後、「いい、太田さんのことで何か変わったことがあれば私にすぐ電話して。もし私がいなければガードマンにメッセージね！」と、連絡をするよう言い含めた。

するとアヤサンは「オッケイ、カオチャイナ」分かったよ、と片目をつむった。この仕草、アヤサンは私と親しい関係のつもりのようだ。それに、言葉尻に付く語尾が丁寧語の「カ」ではなく、友人関係に使われる「ナ」になっている。完全に友達だ。

その晩、多恵子に、近況報告の手紙を書いた。

しかし、何日経っても多恵子からは何の音沙汰もない。私からの一方通行の連絡報告になっている。

逃げてきたバンコク

タイに来て一年半が経った。貯金は減っていく一方でこの先を考えると不安はつのる。だが、どうしても冬のある日本に帰る気がしない。帰国を少しでも頭に浮かべると息苦しくなる。

ここバンコクでは身体が軽い。その辺を歩くと誰かしら知り合いと出会い、お茶をし、食事をし、物見高い話が聞ける。そして日本に帰らない自分への言い訳は語学教室に通い、タイ語を習得していること。こうしている間にも知り合いを介してネットワークが拡張していくことは、すごく面白い。だけど現実味がないことは分かっている。

私は外国人だからタイという国を好奇心で見ている。

この国の男のほとんどが手当たり次第と言っていいほど女に愛をささやいている。そして、二股、三股をかけられた女は相手の女に勝ちたいがために狂乱的になり、殺傷事件になっているのを何度も見た。この国の女は大変だ。恋愛の競争相手が女だけじゃなく男の場合もある。倍率が高まる。

私にも甘くくすぐるような言葉で恋をしかけてくる男たちがいる。悪い気はしない。その時は、確かに気分はいい。しかし、私に愛をささやく男たちは軽薄なやつばかりだ。

昨日、ショッピングモールでタイ語教室の受付女性を見かけたので声をかけると、振り向いた顔が蒼白だった。——しまった！　と思った瞬間、私は手を取られ話を聞いてくれと泣きつかれた。もう逃げられない。全身が震えるほど怒っている彼女の話を聞くしかない。

予想通り彼氏の浮気だった。怒りの矛先は浮気をした彼氏ではなく相手の女で、その女の存在が男への執着を凄まじくさせている。話している彼女の顔は恐ろしいほど殺気だっていた。問題の男を私も知っている。紙よりも軽い男で本当につまらないやつ。「あんな男に執着するエネルギーがもったいない。あんたはかわいくって賢いからもっといい男がいるはずよ」と説得したが彼女には何の効果もなかった。もとより私の話すことなんて聞いていないのだから。ただ自分の怒りを誰かにぶつけなきゃ気が済まないだけだ。

仕方ない、話しなさいよ、喚きなさいよ、聞いてあげるからと、分別臭い顔で彼女の顔を正視した。

——偉そうに……、私……。

上からの目線だが一年半前の自分はどうだったか。目の前に座っている恐ろしく陰気な女性と何ら変わらない。いや、もっとひどかった。杉本、あいつを殺そうとしたのだから。

そのくせ、今じゃなかったことにしている。——虫のいい話……。

たった一年半前なのに、遠い過去のような気がする。

もうあんなやつ、ほんとうにどうでもいい。一時は性悪のあいつと幼稚な彼女が諍いを起こし世間を騒がすような事件になればいいと願っていたが、今では幸せに暮らすも、地獄に堕ちるも、どうでもいい。私の知ったことじゃない、と、鼻で笑った。

ただ、あいつの顔が過ぎると胸に軽い一撃がある。ＰＴＳＤかもしれない。


八月に入ってすぐ明美さんが帰国してしまった。その後は梓さんと二人きりのレッスンになった。梓さんと二人だけでは寂しいなと思っていたら、二十五歳の上野洋子という変にはしゃぐ女性が加わった。

その上野洋子は浅黒い血色の悪そうな肌をし、ガリガリに痩せていた。そして「よくタイ人に間違われるの」という会話を誰彼構わずにしていた。私と梓さんはそれを聞くたび、それがどうしたのよ、バカじゃないの、とあきれ気味に顔を見合わせた。

上野洋子、見たくないけど目がいってしまう。彼女は日本で培ったものを捨ててしまったように感じる。そしてタイに来てすぐにタイ人彼氏ができたと私たちに見せびらかせていた。授業が終われば仲良く二人で帰っていく。

「あの彼氏、働いているのかしら?」と、私が何気なく話すと、梓さんも「どうして生活しているのかしらね?」と合わせてきた。この私たちの好奇心と疑問に、上野洋子は自分から「彼はバイクタクシーの運転手をしているの」と言ってきた。

いつバイクタクシーの仕事をしているのだろう? どう見ても稼ぎが悪そう。あの二人、その日暮らしのように見える。

いつもは授業が終わればさっさと帰っていくのに、この日は「ねえ、一緒にご飯行かない?」と、上野洋子から誘ってきた。

「嫌よ! お二人の邪魔はしたくないわ」と、入り口に突っ立っている彼氏に視線を向けた。

授業の後はいつも梓さんと折半の食事と決まっている。上野洋子がクラスに加わったその日に儀礼的に誘ってみたが、頭数の割り勘と聞くと彼女はすぐに辞退した。なのに、今日は彼女から誘ってきた。きっと、この日の食事代がないのだ。

最近オープンした日本料理店が安くておいしいとタイ人の間で噂になっていた。だから、今日はそこに行ってみようと梓さんと話していたら上野洋子は黙って聞いていた。

「ねえ、このうどん、出汁はお湯と醤油だけじゃないかしら？　それにこのエビ天の衣、揚げパンがお汁につかっているみたい。そっちはどう？」

「まずい、の一言よ！　カチカチのカツに砂糖醤油をかけているみたい。罰ゲームのカツ丼を食べているようだわ」

タイ人たちに人気の日本料理屋で不思議な和食を食べていた。タイ人はどんな味覚をしているのだろう？

この店、和風っぽく入り口に暖簾がかかっているし、客が入るたびに作務衣を着た女の子が「イラッアシー」と叫んでいる。いらっしゃいませ、のつもりだろう。

ぐるりと見渡したところ日本人は私たちだけだ。しかしタイ人客が席を埋めている。そして揃いも揃ってサバステーキという鯖の付け焼きを食べていた。これが人気のようだ。

私たちの目の前には引力に逆らわずベターとお皿にくっついた天麩羅が箸の進まないまま残っている。

「もう、いらないわ」

「私もまずくてこれ以上食べられない」と、梓さんの言葉に私の返事だった。

日本人客が多い料理店に比べ、格段に安価だけどまずすぎて喉を通らない。

店員がまた大きな声でイラッアシーと叫んだすぐ後、馴れ馴れしく誰かが私の肩に手を置いた。

「偶然ね。私たちもサバステーキを食べにきたの」

振り返ると、上野洋子がいた。そして、その後ろに彼氏も突っ立っていた。

先ほどの私たちの話を聞いていたから……。

私は上野洋子の手を嫌そうにはらってやった。ちょっときつくはらいすぎたかと思ったが、こんなことには慣れているのか気にしていないようだ。

「ご一緒してもいい?」と言うと同時に、私の隣に座りぐいぐい押してくる。上野洋子の裸の腕が私に触り不快な感じがした。我慢できなくなって梓さんの隣に移動したら、図らずも二人を受け入れた形になってしまった。

「なんだ、サバステーキ食べてないじゃんか。なんで注文しないの？」

「別に欲しくないからよ」梓さんが投げやりに言った。

「ねえ、注文しようよ。皆で食べよ！　ね、いいでしょ！」と、甘えた口調で要求してくる。するとニコニコ笑っていた彼氏が勢いよく手を上げ、店員に「サバステーキ、ソンティー（サバステーキを二人前）」と言った。

「ちょっと、私たちはいらないわよ。もう帰るからお勘定は別にして」

「せっかく会えたのにまだいいじゃん。もう少し一緒に食べようよ」と、上野洋子は言い、食べ残しの茄子の天麩羅を口に入れた。そして「おいしい！」と言った。日本人なのにこの人の味覚はどうなっているのかしらと思いながら、二人が食べるサバステーキ代まで支払わされては堪らない。私はレシートを取り、そばを通る店員に「チェックビン（お勘定）」と手渡した。その時すかさず彼氏が「チェンジ・チェンジ、サバステーキ、ヌンティー」と一人前に変更し、店員が握るレシートを指さした。勘定はここへとの意味だ。すぐに店員は私の顔を見た。当然「マイペン（ダメ）」と手をクロスし、ノーサインを返したら、彼氏は「キーニアオ（けち）」と小声で呟いた。おまけに「チャイダーム（意地が悪い）」とも呟いた。何を厚かましい、あんたたちに奢る筋合いはない。

「クライ？（だれが？）　キーニアオ？　チャイダーム？」と怒気の含む声で言い返すと、

「マイチャイ、マイチャイ（違う、違う）」と訂正をした。だが「クルワ（怖い）」と漏らした。上野洋子と彼氏、調子のいいことこの上ない。たぶん、あっちこっちの知り合いにたかって食いつないでいるのだろう。

「お金がないのだったら親のいる日本に帰れば」と突き放すように言ってやった。

「お金がないわけじゃないの。今日は手持ちがないだけ」とすました顔をしている。

「サバステーキの代金は払わないからね。この食べ残しはご自由にどうぞ」と言ったのも、二人がカツ丼の食べ残しと天麩羅を何の躊躇いもなく口に運んでいたからだ。

彼氏はすぐにサバステーキをキャンセルした。所持金がゼロのようだ。

「そうだ、梓さんと彰子さんにチャー（彼氏の愛称）の友達を紹介したいの。日本人と付き合いたいって言っている仕事仲間がいるの」

上野洋子はさも私たちがこの話に飛びつくと思ったのか、得意になって喋っている。この人は自分の関心のあることに誰もが興味を持つと思っているらしい。軽薄この上ない。

「ゴメンなさい、あんたの話すことに興味が持てなくて。私は遠慮しとく」と避けたら、梓さんが「私も」とため息を吐きながら言った。

「なんでよう？　ここはタイだよ。この国で楽しく暮らそうよ。この後、友達呼ぶからさ、騒ごうよ。ね、カラオケに行こう！」

上野洋子の、このはしゃぐ姿、嫌いだけど心配になってくる。顔色は最悪、ベースのないメイクに濃いシャドウと不健康そうな口紅。

——今、この国で問題になっているエイズが頭をかすめた。

彼氏がカラオケというワードに反応し、トンチャイという人気歌手の歌を口ずさんだ。トンチャイの甘く切ない声は胸をキュンとさせる。なのに、こいつの鼻詰まりの声と調子外れな節回し。ムカつく！　歌うな！　という目を向けたのに無視して歌い続けている。

このバカみたいな二人と一緒にいたくないので梓さんに出ようと合図を送った。その時、彼氏が調子に乗って上野洋子にキスをしようと首を伸ばした。すると、その細い首筋に小さな阿弥陀さんが見えた。

流行の髪型で後ろだけ長く伸ばしているので普段は見えなかったが、タトゥーが彫られていた。ミルクチョコレート色の細い項《うなじ》にかわいらしい阿弥陀仏が見え隠れする。

「あら、この人、首にタトゥー入れている！　阿弥陀さんがいるわ」私は驚いた。

この国ではお守り代わりや愛情の証しに身体のあちこちにタトゥーを入れている人を多く見た。だけど、シリアスな仏陀かハートや訳の分からない図柄などばかりで、愛嬌のあるかわいい阿弥陀さんは初めてだ。

「ああ、これ？　これはおまじないだよ」上野洋子はチャーの項を私によく見えるように髪をかき上げた。

「これを彫り込んでおくと、何をしてもエイズとか病気にならないし、事故にも遭わないんだよ。チャーはバイクタクシーのドライバーだから安全祈願しているの」

「タトゥーでエイズ封じ？　何しても……？」思わず、梓さんと顔を見合わせた。

「エイズ、マイ、ペンラーイ！（問題ない！）」とチャーがニコニコ顔で叫んだ。

なんて、バカなやつ！　おまじないでエイズが免れたら、こんなに問題になってない。それにタトゥーを彫っている間に感染することすらあるというのに、この二人は。

「その阿弥陀さんはシールじゃないの？　かわいすぎるわ。洗い流せば消えるのでしょう？」と、梓さんが疑いの目で見ると、「ううん、違うよ。本物だよ。このタトゥーの彫り師はよく当たる占い師に紹介してもらったの。だから、すごく効くんだよ。チャーの友達で日本人観光客ガイドをしている人も言っていたから」

「それで、あんたも信じているの？」と聞くと。

「もちろん！　だからエイズも事故も大丈夫！」と何食わぬ顔で残り物の天麩羅を頬張った。

「ねえ、親が聞いたら泣くよ。もう日本に帰った方がいいわ」

「大丈夫だよ！　私たちには阿弥陀さんがついているもん！　日本には帰らない。お金が貯まったら結婚するの」

「結婚ですって、この人と？　ご家族はご存じなの？」と、バカにした目をチャーに向けたら、日本語は分からないけど自分を貶《けな》されているのは分かったのか苦笑いをした。

「家族？　当然、知らないわよ。言ってないもん」

「あなたは一度日本に帰ったほうがいいわよ。それから結婚のことをご両親に話したら」

何を言ってもヘラヘラしている上野洋子が珍しく顔をしかめた。

「大きなお世話よ！　あなただって一人で日本から来て好き勝手やってんじゃない」

そう、言われた瞬間――。

彰子……。父の声を思い出した。そうだ、私も……。

日本料理店を出て、梓さんとラーマ四世通りを歩いていた。

梓さんが話しかけてくるので返事はしているが、言葉が頭を素通りしていく。ちぐはぐな会話になっていた。父の声が心臓の奥に響いている。上野洋子に一人で日本から来て好き勝手していると言われたことが、父の声を思い起こさせた……。

そうだ私、親を悲しませることに関しては上野洋子の上をいっている。殺人未遂を起こしたのだから。

この年になっても親に気をもませている。黙ったまま日本を飛び出してきた。家族に納得のいく説明もせず家出同然に。いや、家出とは違う。勘当されていたのだから。親は反省をさせるため私を家から追い出したのに、反省どころか、もっとひどい結果になった。いつになれば親を安心させることができるのか？　いっそのこと、私なんていない者としてくれれば……。

また身勝手なことを考えている。そろそろ、何とか言い訳を考えて連絡をしなければ。

「彰子さん、黙り込んで何を考えているの？　あんな子の言うこと気にしちゃダメよ。私たちは同じじゃないわ。ただ、少し長めの休暇を取っているだけよ」

「うん……、そうね……」

長い休暇……？　梓さんの場合はそうなのだ。

——でも、私は……。

「考え込むことないって。あの子は人生をなめきっているわよ。快楽オンリー、享楽主義！　そのうちしっぺ返しがくるわよ。私たちは違うわ。真面目にずっと働いてきたじゃない。今、一息入れて英気を養っているのよ」

「うん……」

「でもね、もうそろそろ帰ろうかなって思っているの。親からも、いい加減に帰ってこいって頻繁に電話がかかってくるしね」

「じゃあ、帰るの？」

「うん、そろそろ帰ろうかと思っている」

「そう……」

「親がすごく心配しているし。日本に帰って、結婚のこと真剣に考えようかなって。私も三十四歳だし、そろそろ結婚しないと婚期を逃しちゃいそうだしね。偉そうなことを言っても一生一人で生きていく自信はないのよ。銀行に勤務していた時は、男性と肩を並べて働いているつもりが、女だからって差別や区別を否応なくされていたわ。それに耐えていたらストレスがたまっていく一方だった。今からまた、がむしゃらに働くって考えると辛いのよね。今は結婚相談所に登録して相性が良ければお見合い結婚もいいかなって思っている」

梓さんは大学卒業後、埼玉の都市銀行に勤めていた。お金がうじゃうじゃ動いているバブル期の経済大国日本、所得は笑いが止まらなかったはずだ。なのに仕事を辞めてタイに来た人。

「帰国したら結婚相談所に登録するの？」

「たぶん！」

「それもいいかもね」

「以前は恋愛結婚じゃなきゃ結婚はしたくない、なんて思っていたけど、近頃は条件が合えばいいかなって。そして子供を産んで育てるのも悪くない気がしているの。自分の子供って、すごくかわいいと思うのよ」

「そうね……」

「ここのところタイに飽きたっていうより、こんなことをしていていいのかなんて思えてくるの。彰子さんは？」

「えっ？　私……？　分からない……」

「私ね、教室でこの国に来た理由を聞かれた時、タイ国に魅せられたとか、タイ語を勉強してこの国のゆったりとした空気を味わいたいとか言っていたでしょう。あれは適当だったの。本当はストレスを抱えてひたすら働くだけの自分が嫌になって、どこでもいいから日本とかけ離れたところ、そこで頭を休めたかったの。そして自由になった頭で今後の生き方を考えようって」

「そう……だったの」

「在職中はね、ストレスを撥ね除けるのに逃げる口実ばかり考えていたわ。でも自分の能力を考え突き詰めると、日本では現実が見え過ぎてネガティブな感覚から抜け出せなくなっちゃって、このままではつまらない人生で終わってしまうなんて焦ってね。とにかく今の面白くないレールから降りようって銀行を辞めたの」

「そう……なの……」

「毎日を面白くする生き方。生き方を変えてみようと思ったの。自負とか観念に縛られない全く違う自分を再発見できる場所で模索しようって。それでタイに来たの。でもね、外国に来て自分に向き合っても、何かが見つかるなんて大きな勘違いだった。笑えるわよね、自分の国でもよその国でも同じよ。何かができるなんて自分の甘さに笑うしかないよね。自分には特別な才能、何よりも度量がないってことが嫌というほど分かったわ」

「そう……」

「それで次の逃げ道、日本に帰って結婚しようなんて。今は漠然とした結婚に逃げ込もうとしている。虫のいい話よね。彰子さんも、そう思うでしょう」

「えっ？　そんなこと……」

私もできることなら、梓さんのように漠然とした結婚に逃げ込みたい。でも私には、できない事情がある。帰るのが怖い。

「彰子さんは？　彰子さんは教室での自己紹介の時、タイ語を学んで何かの役にたちたいって言っていたじゃない。彰子さんは私のようにいい加減にこの国を選んだわけじゃないものね」

「えっ、……どうかしら？　でも、自分自身が少し変われた気もするわ」

やっと、少し変われた、という言葉が言えた。今日の梓さんはいつもより桁違いのおしゃべりになっている。私を気遣ってのようだけど。

「そうね、少しは変わったかもね。私の場合、その少し変わったところは自分の本質は外国に来ても何も変わらないと自覚が芽生えたところかしら」

「そう……なの」

「ここに来た当初は、一息吐けたって感じがしたの。それまでは来る日も来る日もノルマ達成の焦燥感と強迫観念に締め付けられていたからね。それが異文化への好奇心に変わったでしょう。人間は本来こんな生き方をしなきゃなんて！　身体がすごく楽だったわ。でもそれは、スローな時間と肩こり疲労から解放されただけだった。近頃はこのライフスタイルが何だかね、無責任な気がして。経済大国の日本で株や投資でお金が少し貯まって、そのお金でよその国で自由気ままに遊んで暮らしている？　それって自分のお金だから誰に気兼ねすることもないのだけど、この国の人が一生懸命に働いているのを見ると、何だか無責任な感じが払いきれないの」

「無責任……？」

――私、無責任？

「彰子さんは違うのよ。私のことよ！　銀行で稼いだお金を投資に回したり、株を少し買ったりしたら思わぬ額になって、そのお金で、為替レートの違いだけでよその国で遊んで暮らしているってこと。それは楽しいし楽だけど、自分の啓発には何の役にも立っていないからここにいたってどうなるわけじゃなし。もう潮時かな」

「そう……、潮時……？」

梓さんと、シーロム通りに入ったところで別れた。

――日本に帰る……？

私自身、タイの生活が素晴らしいなんて思ってやしない。ただ帰国を考えると心臓が石のように固まってしまう。

蛍光灯が煌々と放つ中、アパートを目指してもくもくと歩いた。

彰子……、さっきから心臓の奥に響く父の声。また私を呼んでいる。

私の父

アパートにたどり着いてドアを開けると郵便物とメモ用紙が落ちていた。ガードマンが隙間から突っ込んだのだろう。

タイに来て初めて受け取った郵便物は多恵子からだった。多恵子からやっと返事が来た。

メモ用紙の方は、タイ文字で電話くれとの走り書きがされ、アヤサンの苗字ソムキットとサインがあった。

あら、アヤサン！　ここに来たのね。留守だったからメモを残していったのだ。なかなか几帳面な字を書くわね。読みやすいタイ文字だわ。でも、電話は明日にしよう。今日は疲れた。三階まで階段を上ってきたのに、また一階まで下りて電話をかけた後、上がってくるのは考えただけで億劫だ。急ぐような用じゃないだろう。

エアコンをオンにした。部屋が冷えるまでしばらくかかる。暑くて堪らないうちに水しか出ないシャワーを浴びてしまおう。その後で多恵子からの手紙をゆっくり読もう。

でも、さっと目だけ通そうか。

早々に手紙をくれていたのに返事が遅くなってごめん。主人もだいぶ回復したと聞いてまずは良かったと思っている。スクンビットの家においてはわざわざ訪ねてくれて感謝している。アヤサン、掃除も手抜きをせず、ちゃんとしているようで安心。主人が退院をして家に帰った時に不潔なのは良くないから。もう、どうでもいいのだけど。

主人はその後どうしているのかしら？　もう退院はしたらしいけど。

実は私の留守に主人から電話があって母が責め立てたようなの。それで、怪我が治ったら一度日本に帰ると言って電話を切ったらしいの。だから帰ってくるのを待っていたら、弁護士が来たわ。離婚届を持ってね。何の話もせずにいきなり離婚届よ。待っていても主人から電話がないのでこちらからかけたの。するとアヤサンが訳の分からないことを言うの。主人が死んだ女の妹と暮らしているって。本当かしら？　悪いけど、もう一度様子を見に行ってくれない。それからコレクトコールで電話して。私がタイに行けばいいのだけど、バンコクで遇いたくない人たちに会いそうで嫌だし、家に行けば見たくないものを目にしそうで怖いの。ごめん。アッコにばかり迷惑をかけて。そのうちバンコクへ行くから埋め合わせはするわ。お願いね。

多恵子

原彰子様

——ええっ？

少しの間、太田家を訪れなかったら大変なことになっている。太田が死んだ女の妹と暮らしているって？　まさか……？

億劫なんて言っていられない。階段を駆け下りてガードマンにトラサップ（電話）と言って、電話を借り太田の家にかけた。

「ハロー、ディチャン、アキコ（もしもし、私、彰子）」と受話器が上がった途端に早口で告げた。

「ああ、彰子さんですか。先日はわざわざ病院まで来ていただきありがとうございました」太田の声がした。

しまった！　太田が出るとは思わなかった。

「あっ、ああー、アヤサンが留守番をしていると思っていたので、すいません！　もう、退院されていたのですね。その後、病院にお伺いしなくって申し訳ございません」

「いえいえ、とんでもない！　今日は何か？　多恵子からあなたに何か言ってきたのですね」

「いえ、そうじゃなくて、アヤサンからお電話をもらっていたのです。実は日本からの連絡方法として、多恵子さんがいらした時からそちらのお電話を利用させてもらっていました。すいません、勝手に使わせていただいて。申し訳ないのですがアヤサンは？」

咄嗟に日本からの連絡先と嘘が口をついた。

「ああ、そういうことですか。ぜんぜん構いませんよ。どうぞお気になさらず電話なり何なりお役に立てることはお使いください。えーっと、アヤサンは自分の家にいるのですが。ああ、出てきました。私の話していることが聞こえたようですな。少しお待ちください」

太田は穏やかな口調だった。

——メイがこの家のどこかにいる……？

耳を澄ますけれど、それらしき空気は伝わってこない。

「アキコサン、デンワ、オソイ」

「今、帰ってきたばかりよ。用って何？　今、話せないの？　旦那さんがいるから？　多恵子、奥さんから電話があったことでかけてきたの？」

立て続けに質問した。けど、アヤサンの日本語能力と私の拙いタイ語では、電話では伝わる話も混乱する。その上、近くに太田がいるので返事をしかねているらしい。とりあえずイエスかノーだけでも言えばいいものを、アア、エー、ウーとしか言わない。私はイライラしてきた。今度会った時に、ちょっと小突いてやろうかと思いながら「明日、そっちに行くわ！」と、思わず言ってしまった。しかし多恵子がいないのに太田だけがいる家には行きにくい。太田が在宅なら、アヤサンをこっちに呼び出すのも無理だし。太田と顔を合わさない方法はアヤサンを敷地の入り口まで呼び出すしかない。

「明日、シップモーンチャオ（午前十時）ガードマンのところまで来て。そこで私が待っているから」

「オッケイ、シップモーンチャオ、イクヨ」

通じたかな？　ちょっと不安だけど来なきゃ電話で呼び出そう。


電話を切り、薄暗い階段を上がっていくと心臓の奥にはりついていた父の声が消えていた。ペッタペッタとサンダルの発する音だけが響いている。

部屋に戻るとまた父のことが思い出された。今年の一月で七十三歳になった。結構な年寄りだ。健康が気になる。

——お父さん、ごめん。

父は太平洋戦争時、自分から志願して入隊した軍人だった。母はよく言っていた。お父さんは職業軍人やったさかい、と。

——職業軍人？　いったい、それって何なのよ？　母の驕り高ぶる口調に十代の私の反抗心が激していた。

私が高校二年の時、担任は世界史の若い教師だった。その教師は熱心な共産党員で、生徒たちに世の中の価値観を見直させようとしていた。その教師に傾倒はしなかったけれど、授業中に話を聴いていたせいか知らず知らずのうち影響はされていたと思う。

「戦争は良くない！」「戦争は人を殺す！」「兵隊は人殺しの兵器だ！」「平和にするための戦争なんておかしい！」「遺憾！」

ベトナム戦争について、その教師は激高していた。

あの時、私はその教師の戦争は悪だとの持論をじっと聴いていた。だが単発的な言葉しか頭に入っていなかった。――兵隊は人殺し――

父が職業軍人だったという事実……。

あの日のことがつい昨日のように思い出される。戦争は良くないことは知っている。けれど教師の戦争に関わった人全てを冒涜する言葉、その聴き心地は良くなかった。そして、戦争に自ら参加した職業軍人の父を苛《さいな》む気持ちは持てなかった。だが世の中が、反戦、反戦と戦争反対の渦巻く中、私の腹立ちは母に、反抗は担任に向かっていった。

母は世の中が移ろい変わろうと憲兵だった父を誇りに思っている。時には黙ってくれと思うほど誰彼構わず憲兵だったと父を自慢する。状況の判断ができない人だ。人がいいのか馬鹿なのか？　自分の誇らしく思うことを他人に言いたがる。私は「次元が低い」と母を愚弄し、母の自慢する対象に全て難癖をつけた。母は親に向かってと怒っていたが、母の感情は全て無視してやった。

父は憲兵だった。世間では憲兵は嫌われていた。戦争物のドラマや小説では悪い人格者が多く登場する。だが私の父はその人たちとは違う、どこまでも正しく優しい人だ。思春期の私は反戦の風が吹く中、戦時中の父の生き方の否定はしなかった。父は母のように軍人だったことへの驕り高ぶりを口にすることがなく、その時代に寡黙だった。ある時、戦争に関わったことに「そんな時代だったから仕方なかった」という言葉を聞いたことがある。

私が反抗したあいつ。あの担任の名前……忘れた？　色白の中肉中背でビートルズの髪型を真似たヤツ。二十四歳の女子校の教師。生徒から若い男性というだけで人気があったヤツ。今、思えば、青二才の軽率野郎という印象しか出てこない。

あいつ、授業中に「この中で父親か祖父が戦争に行った経験のある者はおるか？」と、生徒に向かって言った。だから私は手を上げた。他に数人がいたと記憶する。あいつは顎に手を当て、ふーむ、と唸った後、「階級は？」と質問した。私は空気に違和感を持ちながらも「憲兵」と答えた。瞬間、教室に静かなざわめきが起こった。

その時の教室に広がる空気が蘇ってきた。西日の当たる窓際の席、紗のかかったような情景の中、数名の生徒が非難めいたため息を漏らした。そのすぐ後、「スパイ」と誰かの声が聞こえた。私は事実を述べただけなのに非難されている。たぶん、あいつを慕う生徒たちが放課後集まって、あいつの改革論を熱心に聴いていたからだろう。あいつの目には軽蔑が浮かんでいた。その表情が私にビートルズの髪型への嫌悪と拒絶反応を生じさせた。あの時、「スパイ」と誰かが言ったことで教室にざわめきが起こったのに、あいつは何も応えず皮肉のこもった薄ら笑いだけを私に向けていた。あの時の教室はすごく居心地が悪かった。

その日の夕食後、私は父に質問をした。「お父さん、憲兵ってスパイもしていたの？」と。父は不意の質問に読んでいた新聞を置いて、私の顔を見た。

「今日、世界史の授業中、第二次世界大戦でお父さんは憲兵だったと言ったら、憲兵はスパイやと言った子がいて、先生も違うとは言わなかった」

「その子は何を言うとるのや。憲兵は、スパイはしてない。たぶん学校、陸軍中野学校と陸軍憲兵学校を勘違いしとるのや。同じ中野にあったからな。しかし先生は勉強不足や。明日学校に行ったら、ちゃんと調べなさい、言うとけ」と父は言っていた。その時、参謀本部だとか何とか聞き慣れないことも言っていたが私には理解できなかった。

この授業からでなく、もっと前から担任のあいつは虫が好かなかった。だからホームルームではあいつの意見にことごとく反対をしてやった。そしたら何を勘違いしたのか、私が構ってほしくて気を引くため、わざと反抗していると思ったらしい。

ある日、放課後に呼び出された。ニヤついて「僕の意見に君は全て反対をする。少し話そう。職員室まで来なさい」と。でも行く必要なんてない。「それは、私の意見ですから」と無視してやった。

翌日のホームルームであいつは自分と生徒たちとの交換日記を始めると言った。その日記はルーズリーフ形式で各自の悩みや意見を書くが、不都合なものは取り外せるようになっていた。

「原、君から回す。僕に何でもいいからぶつけてこい。悩み、相談、意見、夢でも構わない。好きなように思っていることを書け」

書けるわけがない。何も思っていないのだから。でも書けと言うなら仕方ない。絵を描いてやった。樹脂の日記カバーにマジックで墓の絵を。

墓石にあいつの名前を書いて、おでこに三角を付けたあいつの顔も描いてやった。おまけに火の玉も大小三つ書き足した。そして、それを教卓に置いておいたら誰かが見つけ大笑いし、次の子もその次の子も悪ふざけでまともな日記にはならず続かなかった。

——あいつ。あの担任が父が軍人だったと、父は自分から進んで戦争に関わったと意識させた。黒板に大きく書かれた文字、兵隊は殺人機、軍人は殺人鬼、が、頭の片隅にはりついた。だから、まだ私が小学五年生くらいだったか、もう少し大きかったか記憶が定かでないが、父に質問したことが蘇り心に突き刺さった。

「お父さん、あんなふうに人を殺したことがあるの？」

家族で戦争のドラマを見ていた時、軍人が敵を処刑している場面があり、父と同じ軍人ということでつい聞いてしまった。子供の口から出た言葉だったのに、父は私を見据えた。そして躊躇いがちに返事が返ってきた。「戦争に行ったからある」低い声だった。この父の答えに私の顔はいっぺんに強ばった。清くて正しい私の父は人を殺すはずがない、と思い込んでいたのに。絶対に否定すると疑わなかったのに。

お父さんが人を殺した——？　ショックを隠しきれなかった。

だが、父を悪者にはしたくなかった。正義の味方であってほしかった。だから「悪者を成敗したんやね？」と、必死で訴えた。

「そうや。そやけど子供はそんなこと知らんでもええ」

あの時はそれで会話は消えた。けど、その後、私は父に違和感を持ち続けた。だけど時が経つにつれ忘れかけていたのに、あの担任のせいで、また父のあの過去と遭遇することになった。

あの担任、創立者の縁故らしい。しかし三年の新学期にはいなかった。あまりに反戦を授業に盛り込み問題となったらしい。また職員会議でベテラン教員への反発が激しく、見るに見かねて解雇されたと噂に聞いた。

当然だ。若気の至りでは済まされない。あいつには行き過ぎがある。でもいなくなればいないでちょっと物足りなさを感じる。年寄り先生の多い女子校、波風の立たない平穏無事過ぎる空気。卒業まで退屈な学園生活……。

フーッ、バカにする相手がいなくなった。いつもあいつが熱くなればなるほど軽蔑の目を向けて面白がっていたのに。

あいつは最後のホームルームの後、私を廊下に呼び出し「若いくせに退廃的だ。感性が歪んでいる」と言った。大きなお世話だ。自分に傾倒しない高校二年生の私に腹立ち紛れに言った言葉だろうが、私はそんな難しい聞き慣れない言葉、理解していなかった。だから平気だった。

あいつがいなくなって平和かつ退屈な高校生活が終わった後、私は短大に進学した。

あの日、前期の授業最終日に駆け足で駅に向かっていた。この日はテストの出題傾向の説明がある。それも授業開始早々にされる。絶対に遅刻をしてはならない。遅刻は最大の過失なのにギリギリに家を出てしまった。

一分、三十秒、一秒と時間を争い走っていた。七時三十五分の準急に絶対に乗らなきゃならない。走っている私の後ろから電車が追いかけてくる。

必死に改札へ向かっている時、とうに忘れていたあいつ、高二の時の担任と遭遇した。

当時、私が住む街の人口は急激に増え、ラッシュ時の駅前はごった返していた。

あー、待って、待って！　これに乗らないと遅刻だ。ホームに近づく電車を必死に追いかけ走っていた。

一つしかない改札口は我先にと人が押し合っているのに迷惑なビラ配りがいた。共産党の赤い旗を立て「政治を変えよう」と大声で叫び、急ぐ人たちに立ち塞がりビラを手渡す連中。その人たちを除けて改札口に行き着くには二、三秒は無駄になる。すごくムカつく。

もう、邪魔！　と思いながら、その人たちを無視しすり抜けようとしたその時、「若いお姉ちゃんは僕ちんの担当」と私の真ん前に立ち塞がったやつがいた。

——もう、この最低のバカヤロウ！　と睨んだ。

このバカ、アホ……？？　ええ？　こやつ？

肩まで髪が伸びたあの時の担任、あいつがニコニコ笑ってビラを突きつけてくる。

私は思わず、「先生」と言ってビラを受け取ってしまった。その後、開いた口が二、三秒は塞がらなかったと思う。あいつも私の顔を見て直立不動になった。

——あの時の薄ら寒い顔、あの顔が脳裏を過ぎった。

次の瞬間、我に返り今こんなことをしている場合か！　すでに乗客は乗り込んでいるのに。私はビラを握りつぶし改札を駆け抜け思いっきり走った。が、間に合わなかった。あと一歩でドアが閉まり、どうしても乗らなければならない電車は走り出た。

ああ……、行ってしまった。ムッとして振り返ると、あいつは改札の向こうで私を見送っていた。視線が合うと大きく手を振った。なんとも言えない無邪気な顔で。遅刻確実に私は思いっきりあいつを呪った。

「お父さん、戦争で人を殺した時、銃で殺したん？」

ある日の夕方、私は父に質問をした。やはり高校二年の担任、あいつに関わっていた。戦争を体験した家族から話を聴いてレポートにせよとの宿題。しかし私は宿題なんて関係なく心に引っかかっていたことを口にしてしまった。

「え？　……そうや」

「憲兵の時に殺したん？」

「いや、兵隊の時や。上官の命令で支那のスパイを銃殺した」

父の困惑した顔。子供にも嘘の吐けない人だ。言いたくなかったろうに、触れられたくない過去を。

私はこのことをレポートには書かなかった。この時、父にはこれ以上は何も聞かなかったし、こんな宿題があるとも言っていなかった。その代わり、隣のお婆ちゃんが八月十五日になると決まって言っていた、「今日は戦争が終わった日や、戦時中は焼夷弾がそらもう恐ろしかったで！」との大阪空襲の恐怖を書いておいた。

――あいつに教えてやらない。もし、父が支那のスパイを銃殺したことを書けば、あいつは人を殺した事実以外は問題にしないから。過去を嫌がっている父を、私を媒体にもっとひどい言葉で攻め立てるに決まっている。父の真実は教えてやらない。

日本が高度成長期のまっただ中のある日、これまで消息が分からなかった父の戦友が、訪ねてきた。

私は客間と隣り合った居間で、なんとなく漏れ聞こえてくる話を聞いていた。その時、戦友の言葉が私に緊張を走らせた。

「以前から気になっていたのだ。北平の戦闘が終わった後、保定に向かっている時に敵の前線小部隊の兵を捕まえたことがあっただろう。掃討作戦の後に捕らえた捕虜だ。その捕虜を連れ軍曹が君を従い森の中に消えたことがあった」戦友が父に話しかけている。

「ああ、あの捕虜らの処刑か？」

「あの時、処刑にしては時間がかかり過ぎた。何かあったのではないかと慮《おもんぱか》っていたのだが、二人は取り乱した様子もなく戻ってきた。それで、どのようなかたちで処刑をしたのか一度、聞いてみたかった」

「あの日のことか？」

「そうだ。しかし君はその後、敵の銃弾を受け野戦病院に運ばれ生死が分からなかったからな」

「ああ、気がつけば野戦病院だった」

「この機会に聞かせてくれ」

「あの時の支那人か。昔のこととはいえ時間がどれだけ経過しても忘れられることではない。敵国であっても、こいつらも軍人だとつくづく思ったからな」

「ふーむ、あの軍人らしからぬ身なりの捕虜をか？」

「あいつら、あの時の捕虜はどいつも一言も声を漏らさなかった。殺されることが確実なのに動揺が見えなかった。それで、こいつらも軍人だと感じたら妙に親近感が湧いた」

「えっ？　親近感？」

「ああ、束の間だったけどな。あの捕虜らと自分は何ら変わらないと思った。だが処刑はせねばならん。敵兵だからな。仕方なかった」

「それでどのようなかたちで処刑をした？」

「軍曹が捕虜らを川の縁に座らせ、私物の軍刀で次々に斬っていった。だがな、なかなか思うようにはいかなかった。首を切り落とせなかった」

「首を切り落とせなくとも、動脈が切れれば死んだろう」

「いや、血は流れたが死にきれなかった」

「軍刀ではバッサリと殺せなかったのか？」

「そう簡単ではない。時代劇の人斬りとは違う」

「そうか。それで君は見ていただけだったのか？」

「最初は見ていた。だが死にきれない捕虜の後始末を命じられた。それで半死状態になっているものをいかんともできなかったし前進を待つ部隊に戻らなければならなかった。故にとどめを数発撃ち川に突き落とした。捕虜らは数珠つなぎになっていたので次々と落ちて流れていった。それを見届けてその場を引き上げたのだ」

——やはりお父さんは人を殺していた。

——戦場での合戦ではなく、目の前の人を確実に殺していた。そして、そのことに心が動じていない。

でも、自分の殺した敵兵に親近感が湧いたって？　処刑直前の支那兵、あいつらも軍人だと感じたって？　軍人って、いったい何なの？　死の覚悟がある？　私には分からない。

雨季のバンコク

六月のタイ、この国の雨季の始まりだ。毎日、夕方になると土砂降りの雨になっていた。でも、思いっきり降った後は晴れ上がる。なのに、今日は朝から滝のような雨で止みそうにない。

窓の外が、ピカッ、と光ったかと思うと続いて雷鳴がとどろいた。その後は続けざまに稲妻と地響きの伴う雷で不穏な空気になってきた。

ああ、あんな約束をしなきゃよかった。昨日、何も考えずにした約束、後悔している。日を変えてほしいが、また電話をして太田が出たらと思うと何を理由にアヤサンと会うのか言い訳が思いつかない。憂鬱になってきた。

土砂降りの中を行くか太田との電話をとるか考えた末、雨の中を行くことにした。肉体的な負担か精神的な負担か、それを天秤にかけると普通の人なら絶対に太田との電話を選ぶだろうが、人の扱いがうまくない私は肉体を酷使するほうを選んでしまう。

仕方なくアパートを出たものの傘なんて何の役にも立たない。傘に当たる雨が激し過ぎ、その飛沫でびしょ濡れになった。足下は濡れるなんてものじゃなく浅瀬を歩いているようだ。タクシーに乗ろうとシーロム通りまで来たけど、どのタクシーにも無視され続けた。びしょ濡れの客を乗せたくないのだろう。仕方なくバスに乗り、多恵子宅の最寄りの停留所で降りると一層雨脚が激しくなってきた。スクンビットのソイ（脇道）は川のようになり、車が通るたび「おー」と口走りながら波が押し寄せてくるのを避け、爪先立った。

やっと、ガードマンボックスに着いた時には服のまま泳いだようになっていた。約束をしたのは私だけどアヤサンに腹が立つ。そのアヤサンが先にガードマンボックスの中で待っていた。立て続けに文句を言いそうになったけど堪えていると、アヤサンは私を見てケラケラ笑っている。

「アキコサン、アブナーム（水浴び）シタカ？」と言い、面白くて仕方ないというふうに笑っている。

何を言っているのよ、あんたのせいじゃない！

アヤサンに腹が立ち必要なこと以外は喋る気がしない。顔も見ず、無言でびしょ濡れの服を払い「用件は何？」と言った。すると「ダンナサン、マッテル、イエ、イクネ」と手を引っ張られた。

「えっ？　太田さん、私が来るって知っているの？」

「シッテル」

あの時、太田は電話の側にいたのだ。

「いやだ。何しに来るのって言っていなかった？」

「イッテナイ」

「そう。それよりアヤサンが私に用があるのでしょう？　旦那さんがいても話せることなの？」

「ハナセナイ。ダンナサン、オコッテル。ワタシ、コワイネ。ワタシ、イク」

「太田さんが怒っている？　何で？　それにアヤサンはどこに行くのよ？」

「ヤスミ、ヒ、アキコサン、イエ、イクネ」

「あら、アヤサン、お休みがあるの？」

「アル」

太田の家に着き、アヤサンが開けてくれた玄関に入ると、太田が杖をつき出迎えてくれた。左足にギプスがはまっている。

「ようこそ……。……？　もしかして、歩いてこられたのですか？」

「バスで……」

「びしょ濡れだ。風邪をひくといけない。とにかく多恵子の物にでも着替えてください」

こんな人は、そういない！　という言葉が飲み込まれたような気がする。私もここまでずぶ濡れになるとは思わなかった。できることなら、ここで用件を済ませて帰りたい。しかし、とても帰れる雰囲気ではない。あきれた太田の目が私の意固地な意思を通させてくれなさそうだ。

「家が濡れてしまいますから、ここで」と遠慮がちに言ったら、「そんなことはどうでもいい！」と一喝された。

洗面所でアヤサンが出してくれた多恵子のワンピースに着替え、リビングに入っていくとコーヒーの用意ができていた。いい香りが漂っている。

「どうぞ座ってください。今日、お越しいただいたのはアヤサンが呼び出したのですね」

「いえ……。そうです。でも、私も気になっていたものですから。太田さんがその後いかがお過ごしかと。だけど私が出しゃばるのはご迷惑かと遠慮していました」

「それはお気にかけていただきありがとうございます。それに、多恵子はあなたにいろいろと相談をしていたみたいだし、アヤサンまで困ったことがあると電話をしたようですな。

私どもの揉め事に巻き込んでしまって、恥ずかしい限りです。今日はいい機会です。ご迷惑じゃなければ少しお話をさせてください」

「はあ……」と、借りたタオルを弄りながら聞く体制に入った。

「多恵子から、何か言ってきませんでしたか？」

「え？　すいません。多恵子さんとはしばらくお話ししていません」と、嘘を吐いた。

「そうですか。実は代理人を通して離婚届を送りました。まずは話し合いをと思ったのですが、実家に電話をした折、義母にすぐに日本に帰ってこいと言われまして。会社には日本に勤務地を変更してもらえ、それが無理なら退職をしろと。もし、できないのであれば一刻も早く離婚しろと言われました」

「そんなこと……」

多恵子は母親が離婚を切り出したことまで知っているのだろうか？

「まあ、多恵子をこのままにしてはおけないからです。彼女自身、タイには二度と来たくないと言っているとのことです。多恵子にすれば当然でしょう。しかし、今すぐ帰国しろと言われましても帰れないのです」

「それはそうでしょうね。まだお怪我が治っていないのですから」

「いえ、身体はどうにでもなります。身体に関しては帰ろうと思えば帰れます。だが仕事です。施工中の現場です。今でも迷惑をかけているのに会社にこれ以上負担はかけられない。工事によっては工期が遅れているし、設計の変更もあります。あなたに言ってもご理解いただけないでしょうけど、タイ事業所の所長である私が迷惑をかけっぱなしで退職するわけにはいかないのです。少数駐在員でやりくりしているのに、これ以上は無責任な行動はとれません」

「理解できます。私も昨年まで仕事をしていましたから。いえ、私はたいしたポストじゃなかったのですが。でも分かります。責任の問題ですね」

「ええ、そうです！　ただ、多恵子への責任となれば一度は日本に戻らなければならないでしょうけど、今すぐには動けない、後任がいないのです。私が死んでいれば別ですが、死亡もしくは重傷なら会社もすぐに誰かを寄越すでしょう。だが本社も人手不足で大変なのです。この程度の怪我なら何とかして、そちらでやれとのことでして」

「では、もうお仕事に行かれているのですか？」

「ええ、三日前から事務所に行っています。家でできるものはここでしていますがね」

窓際に以前はなかったドラフターが置かれていた。それに先ほどからファックスに何枚も書類らしき物が送信されていた。

「大変ですね。その足じゃ工事現場には行けないでしょう?」

「ええ、現場は無理です」と太田は足をさすりながら話を続けた。「こういう事情で、多恵子に電話をしても義母が出るし、直接話すことができず、どうするかと急かされ、仕方なく代理人を差し向けました。どちらにしろ、もう元には戻れない。早かれ遅かれ離婚しか考えられません」

「離婚?」

「はい、ほかに道はないでしょう。それで離婚の条件ですが、慰謝料です。財産分与も含めて私の持っている貯蓄等、多恵子も承知しているわずかな額ですが、全て渡す旨は伝えてあります。それで承知してくれるなら子供もいないことですし、このまま別れてしまったほうがいいと思っています。彰子さん、あなたはどう思われます? 多恵子の代理として意見を聞かせてもらえないでしょうか?」

「えっ? 私? 分かりません」

突然に意見を振られ戸惑ってしまった。太田は私と多恵子がつながっていると察している。私の嘘なんて信じていない。

重い空気が流れ沈黙になってしまった。

「申し訳ない。他人のあなたに求める意見じゃなかった」

太田は苦笑いしているけど、多恵子抜きでこんな重大な話が進んでいるなんて焦りを感じた。でも、私に話すということは私から多恵子に説明をせよということだろうか？

「あのう、今日のお話を多恵子さんに全て伝えてよろしいでしょうか？　もしかして行き違いがあればいけませんので。多恵子さんからお電話をするように伝えます」

「ああ、そうですね」と言って、太田は小さくだがため息を吐いた。何だか多恵子の電話は避けたいような雰囲気に受け取れる。

「あの、今この家にはお一人ですか？」

「ええ一人です。アヤサンは用事のない時は別宅にいますので」小屋に視線を向けた。

「……？.？」

私は探るような目付きになっていたかもしれない。違う部屋に通じるドアを見た。

「退院をしてからこの家には私一人ですが、なぜ？　あっ、もしかしてアヤサンが何か言いましたか？」

「いいえ、そういうわけじゃなく」

「もしかしてメイがいるとでも？　ハハーン、そういうことですか。アヤサンが取り越し苦労をしたようですな。心配がこうじて疑い深くなり私を信用しないのです」

「はあ？　取り越し苦労？　じゃあメイさんとは何でもないのですね」

「もちろんです。メイはこの家にきたこともありません。しかし、何もないと言うには語弊がありますが。ご存じのとおり、入院中は病室への出入りを自由にさせていました。私も退屈だったので日本語を教えていたのです。前にも話しましたが、メイの姉は妹を服飾の専門学校に行かせようとしていたのです。しかし私のせいでその手段は断たれました。ですから学校を出るまで学費と生活費を援助します。その他にも相談に乗るので月に一度は会うことになっています。それをアヤサンは勘違いをしたようですな。私の退院の日に家までついてこようとするメイと大喧嘩をしましてね」

「はあ、アヤサンとメイさんが喧嘩を……」

「お互い母国語で言い争いをするので何を言っているのか詳しくは分かりませんでしたが、メイは引き続き看病をするので家に行くと言い、アヤサンは家に来るのは奥さんが嫌がると言い張るのです。どちらも言い分はあります。しかし子供みたいに罵り合いをはじめ、手が出そうになったので、いい加減にしろと怒鳴りました。効き目はありました。メイは吃驚して帰っていき、アヤサンはビクつきはじめました」

それでか、アヤサンが私に会いたがったのは。クビになりたくないし、居づらいし、私に取りなしてほしかったのだ。

それにしても、アヤサンの早とちりって、アヤサンは多恵子にどんな説明をしたのだろう？

太田が話を続けた。

「彰子さん、多恵子に伝えてください。アヤサンの被害妄想だと。今は治療と職場復帰に専念していると。それにメイのことは私の過ちからの責任上やむを得ない事情なのでともお願いします。これ以上、多恵子に余計な心配はさせたくないのですが私から言っても素直に受け取らないでしょう。彰子さんから話してもらえれば直接話すよりいいかと思います。それと多恵子から無理して電話はくれなくてもいいと伝えてください。お手数ですがお願いします」

多恵子からの電話は不要？　腑に落ちない色合いは隠せなかったが、これ以上話しても結果は見えている。

太田の社用車でアパートまで送ってもらい自分の部屋に戻ってきた。

何だか自分以外のことですごく疲れた。多恵子に電話をするために頭を整理しなきゃと思うがタイ語教室の時間が迫っていた。雨も止んだし行くことにした。


「サワディー・クラップ、クン・アキコ（こんにちは、彰子さん）」ケマリット君の授業が始まった。そして三時間が過ぎた。

今習ったばかりのことを復習しようとしているのに何も出てこない。頭が疲れている。今朝の大雨のせいか体調が悪い。アパートに帰って寝ることにした。それなのに、またクスマーさんが駆け寄ってきた。

「彰子さん、多恵子さんの居場所、分かったか？」

「ううん、分からない」私は、また嘘を吐いた。

「ねえ、誰か日本友達に電話してみたら？　多恵子さん連絡先、分かるかもしれない。ねえ、電話しない？　高木さんも心配しているネ。高木さん、彰子さんに会いたい、言ってた。電話したら来るけど」

「うん、でも私、今日は体調がよくないの。帰るわね。さようなら」と手を振ってビルを出た。クスマーさんも追ってこなかった。

なぜだろう？　急に身体が怠くって仕方ない。ベッドに伏せたまま起き上がるのが辛くて動けない。水分を取った方がいいだろうと冷蔵庫を開けると水は少ししか残っていなかった。それを飲み干すと、すぐにトイレに駆け込み全て吐き戻してしまった。おまけに生理になった。下着が経血で汚れている。ナプキンも買いにいかなきゃならない。

這うように階段を下り近所のコンビニに行った。水に生理用ナプキン、食事に行く気力がないのでパンを買った。レジ袋を提げ帰ってきたけど部屋に着いた途端ベッドに倒れ込んだ。それからどれくらい眠ったのか分からない。目が覚めると外が暗くなっていた。

だいぶ寝たから元気になっていることを期待して起き上がった。だが、気怠さと胃の気持ち悪さが半端じゃない。

誰か助けて！　誰か、何とかして！

リアリティーのない誰かに、声のない悲鳴を上げていた。

きっと、昨日の日本料理屋、あそこで食べた物が悪かったのだ。まずいうえに食中毒。あんな店は二度と行ってやらない！　だけど元気になれば文句を言いに行ってやろうか。

ああ、この気持ち悪さ、何とかならないものか。

ナプキンを替えるためにトイレにいくと、便器に飛び散った自分のオシッコ？？

ナニ？　この色？　尿の色が……真っ黒！

白い陶器に散る液体、墨汁みたいな黒！　いったい私の身体から何が出ているの？

――私、死ぬのだ。きっと、ここで死んでしまう。

ふらふらと壁に手をつき鏡を見ると黄色く生きていないような顔をしている……？

えー、もう死んでいるの？　自分の生死が不透明……。

ベッドに横たわると暑くて不快極まりない。頑張って立ち上がりクーラーをオンにした。すぐにゴォワーンと振動を伴い騒音が始まった。それにともない外の臭いが立ちこめてくる。慣れて感じなくなっていた屋台のナンプラーや椰子油の臭い。この臭いに堪らなく嫌悪した。胃がえぐられるような気持ち悪さだ。

クーラーを切れば暑くて堪らないし、入れれば外から入ってくる臭いが堪らない。切ったり入れたりの繰り返しと、身体を動かすたびにオェーと嘔吐の連続だ。

日本に帰りたい――。この気怠さと吐き気が治まればすぐに日本に帰ろう。タイにはもう絶対に来ない。タイ大嫌い！　二度と来てやらない！　気持ち悪くて、もって行き場のない嫌悪がタイ国を呪っていた。

これは病院に行かなきゃならない。けど行く気力がない。身体を一センチも動かしたくない。誰かに口をきくのも嫌だ。

この状態が三日続き梓さんとケマリット君から電話があった。が、しんどくて立ち上がれない。ガードマンに少しのお金を渡し言い含め、知り合いの家に行っていると嘘を吐かせた。

四日目、水を飲んでは吐き、パンを少しかじっては吐いていた。だがミネラルウォーターがなくなってしまった。内臓を洗浄する意味で水分は取った方がいいような気がする。このまま放置したらきっと死ぬ。そして腐敗した醜い死体で発見されたら、きっと日本のニュースで日本人女性がバンコクの安アパートで死亡と放送されるだろう。そしたら憎くて仕方のない、以前の会社のあいつらに興味津々の話題を与えてしまう。と、自分を追い詰め一大決心の末コンビニに行くことにした。

買った水がいつもの何倍も重く感じ、前屈みに胃をおさえながらガードマンボックスの横をそろりそろりと歩いていると、ガードマンに呼び止められた。ちょうど私宛てに電話がかかってきたから出ろと言う。

この日のガードマンは心付けを渡していないせいか、不親切で、私のタイ語が下手過ぎて分からないと聞こうとしてくれない。だから説明する気力がなく電話に出た方がましと受話器を受け取った。

「ハロー（もしもし）」と死にそうな声が出た。

「もしもし、アッコなの？」

「ああ、多恵子。ごめん、電話しなきゃと思っていたのだけど、なんだか身体が変なの。すごく気持ち悪くて、どうしようもないの。今も倒れそう」

「えー？　大丈夫なの？」

「悪いけど、少し良くなったら、こちらからかけなおすわ。ごめん、切るね」

やっとの思いで部屋に戻り、水を飲み、思いっきり吐き、ベッドに倒れ込んだ。そして知らないうちに眠り込んでいた。

トントン、トントン、とノックの音がする。遠くの方に聞こえるけど幻聴かもしれない。うとうととしていたらいつまでも続く。もう、死にそうなのに。

辛いのを我慢してふらりと立ち上がり、ドアを開けたらアヤサンと太田が立っていた。

「アヤサン、太田さんまで、どうしたのですか？」

「彰子さんのほうこそどうしたのです？　多恵子から電話があり飛んできました。具合が悪いって？　とにかく病院へ行きましょう」

動きたくないと言うのを聞き入れてもらえず、無理やり太田の入院していた総合病院まで連れていかれた。

診察の結果、A型肝炎だった。

信じられない、感染症にかかっていた。その場で入院となり点滴を打ち、枕元にアヤサンが座っている。それを目にすると大きな安堵感に包まれた。

多恵子が太田に電話をし「助けてあげて」と頼んだようだ。おかげで助かった。

タイの病院はすごく快適。医師も看護師も親切でエアコンも音がせずよく眠れた。

ただ、体力回復の栄養摂取には食欲がなく点滴に頼っていたが。

アヤサンが毎日、太田の指示でナムソムというオレンジジュースを持って様子を見に来てくれる。最初のうちはジュースさえ吐いていたが今は待ち遠しく、日本米のおにぎりを一つ食べても大丈夫になった。

――日本に帰れば、このうっとうしい倦怠感は治る。日本に帰れば体調は全て良くなる。

日本に帰れば……。親に謝って実家に居座ろう。

――罰が当たった。

勝手気ままに生き、浅はかな行いで自分の人生を追い詰め、家族に黙ってタイに来て親の心配を蔑ろにした。罰が当たった。

ごめん、お父さん。

たぶん、母も私の行方を口にすることができず、どこにいるか分からない娘を心配しているだろう。実家へは音信不通。便りがないのは良い知らせ、なんて勝手な言い草を並べて。だが、入院中は父の声が聞こえなかった。


梓さんがお見舞いに来てくれた。

梓さんは帰国の日を決めたそうだ。その前に、親しくなったタイ人の友達と泰緬鉄道で有名なカンチャナブリーへ日帰り旅行をしてきたと、その話をしてくれた。

第二次世界大戦中、日本軍により建設された鉄道、映画『戦場にかける橋』のクウェー川を渡す鉄橋の写真も見せてくれた。

ここにも日本軍の痕跡がある。アジアのどこに行っても痕跡が露呈されている。梓さんは深く考えていないようだが、私の頭の中にはあいつ、高校二年の時の担任の顔が浮かんできた。「戦争は人を殺す。兵隊は人殺しだ」と力説していたあいつを思い出した。

お父さん……、お父さんはこの地で戦っていない。ここへは来ていない。

――もし、この国で人を殺していたのなら、私、居づらい……。

父は入隊をして二年目、戦地の北平の南苑付近で支那兵を銃殺した。その後、敵が潜んでいると情報があり、偵察のため土手から頭を出した瞬間、銃弾を受けた。父はその場に倒れた。誰もが父はもう助からないと思ったそうだ。

しかし、すぐ隣にいた戦友が父を衛生兵に引き渡してくれた。おかげで父は生還できた。その戦友がいなければ父は死んでいたかもしれない。父があの地で死んでいたなら私も生まれてこなかった。ここにこうしてバンコクの病院のベッドに横たわっていない。

もしかして……、その方が……、よかった……。

十日が経過し体力が回復してきた、と同時に入院費が気になり始めた。ベッドに横たわっていても、少ない所持金を考えると気が気じゃない。だから明日にも退院したいと申し出たら医者は了解してくれたが、それを聞きつけた太田が「一人住まいなので無理をしてはいけない、あと四、五日このままで」と病室まで忠告にやってきた。

しかし、私には費用の問題がある。観光ビザで滞在している私に保険なんてない。入院費が恐ろしい。

予期しなかった病気は大きな痛手だ。

「彰子さん、入院費は私が立て替えておきましょう」と、太田が思いがけないことを言った。

この言葉に自分の耳を疑ったが、太田のニコッと笑った顔を見ると気持ちがとろけそうに緩んだ。だが甘んじてはいけない。今ある所持金で何とか支払いはできる。常識的に考えても太田と多恵子の今の関係にそこまで甘えるわけにはいかない。

「いえ、そこまでご迷惑はおかけできません。今日、外出してもいいと許可をもらいましたので銀行に行ってきます」

「いや、とりあえずの話です。とりあえず立て替えて、元気になれば働いて少しずつ返してくれればいい」

「でも働くと言っても、帰国してもすぐに仕事に就けるかどうか分かりませんし、この国ではご存じの通り働けません。労働ビザは持っていませんし、それに私のタイ語能力ではどこも雇ってはくれませんから」

「ああ、それでしたら仕事があります。アルバイトになりますが少しの間働いてみませんか？　実は事務所の現地採用の日本人が帰国しまして、日本人社員のちょっとした雑用をこなせる人を探しているのです。どうでしょう？」

「それは本当ですか？　それに私で大丈夫でしょうか？」

「大丈夫です。ただ、正式採用は無理です。臨時雇いという形で申し訳ないのですが良ければ働いてください」

願ったり叶ったりだ。少しでもお金が入れば助かる。体力が回復してきたのとお金が稼げるのも手伝って日本に帰りたい気持ちはうすれた。

バンコクのオフィス

勤務する事務所はアパートから程よい距離にあった。シーロム通りをまっすぐチャオプラヤー川に向かって十分ほど歩けば白いビルがあり、二階が事務所になっていた。

仕事はおもに本社向けの書類整理と郵送と聞いている。工程管理や出来高の報告書等を本社に送付。他は日本人社員の雑用。オフィスはきれいで仕事は簡単だし仕事量は少なく自由の時間が多い。給料は前任者の明細通りのままの金額が私に適用されるらしい。

午前九時から午後四時まで、中一時間の食事休憩、それで二万バーツが一カ月の給料になる。臨時雇いなのに有給休暇まである。ラッキーこの上ない。女子は私の他にタイ人の事務員と雑用係がいた。

紹介された二人に「サワッディー・カ（こんにちは）」と挨拶をすると、掃除と雑用係のメーウという十八歳の子が合掌し挨拶を返してくれた。しかし、もう一人の女子、事務員のパニダはチラッと横目で私を見ただけで視線をそらせた。何が気に入らないのかツンケンしている。

パニダは英語と日本語が堪能と自己申告しているらしいが、発音が全て有気音混じりで何を言っているのか分かりづらい。それに漢字は訓読みと音読みどころか熟語なんて遠い果てにある。読むのも難儀だが当然書けない。なのに、彼女は私の存在は不要とのこと。

太田や他の日本人社員に、もう一人事務員を雇うのは無駄だ、前任者の分くらいは自分がする。その代わり給料を上げてくれとの申請があったらしい。だが日本人スタッフが

「うん」とは言わなかった。パニダは建築用語を日本語でもタイ語でも把握できていないのだから当然受け入れられるわけがない。だが、腹を立てているようだ。

そしてこの事務所で不可解なのは、使用されていないのに立派なデスクがある。何のためにあるのか分からない。まるで家具店の展示品みたいだ。

「この席は、どなたのですか？」と聞けば、法人企業設立の際に必要だった現地の有力者の席だそうだ。ただ、バランチャイというその人はかなりの年寄りで会社に顔を出すことはないそうだ。それに、あと何名かタイ人の役員と社員もいるらしいが臨時雇いの私には関係ない。

太田から仕事に関することは事務および庶務の責任者である有木課長に相談すればいいと聞いていた。

早速、前任者の作成した書類関係を見ながら有木課長に質問をしていたら、パニダとメーウが言い争いを始めた。けんかをしている？

有木はちらっと二人を見て、すぐに視線を戻した。

「ああ、気にしないでいいですよ。いつものことだから」

「いつもですか？」

「そうですよ！　けんかが日常茶飯事でね、たいていパニダが悪いようです。自分のプライベートの用事までメーウに押しつけるから揉めるのです。あなたの前任者は当たらず障らずうまく立ち回っていました。あなたも気をつけてください。どちらかの味方につけば敵になった方への攻撃が執拗でうっとうしい」

初日は一日中、パニダは私に一言も喋らず目も合わさなかった。だが、一週間が過ぎた頃、日本人が私一人になったのを見計らって近づいてきた。

この時、私はワープロで書類作成をしていたので顔を上げず俯いたままだった。パニダのチッという舌打ちが聞こえたが無視をした。

「アキコさん、話あるネ」

「何？」私は書類から目を離さず生返事をした。すると突然、「聞くネ！」とパニダは大声を出した。

「えっ、何？」

「言っておくネ。アキコさんはここに来て少しネ。ニューコマーネ。私、ここで一年、仕事してるネ。私、通訳とセクレタリーネ。タイ、仕事、難しいネ。私、その難しい、してるネ。それに、私、所長のセクレタリー、分かるネ。所長に用事とき、先、私、言うネ。

私、アキコさん上司ネ」

上司？　驚いた！　女子三人は全員が臨時雇いのはずなのに上下関係を作っている。でも敵に回すのはうっとうしい。捨ておこう。どうせ短期のアルバイトなのだから。

「分かりました！」適当に返事をしておいた。

どうでもいいことだが、パニダの日本語は語尾に全てと言っていいくらいネを付ける。クスマーさんの上を行くネ攻撃。タイ語を習い始めて気付いたのだが、タイ人の会話は最後にナを付ける場合が多く、タイ語のナ、イコール日本語のネと覚えているらしい。耳についいて仕方ない。ネを付けて攻撃的に喋るのは滑稽だけど私が正してやる筋合いはない。これも捨てておいてやる。

タイ人は仲の良い時は良いのだが、ライバルとなれば争いが絶えない。憎みきるし、殺気を感じる。パニダもそれに漏れずかなりのものだ。付き合いきれない。

パニダはここ数日、周りの人に自分は所長のセクレタリーだと言いふらしている。そして、それに見合うつもりかタイシルクのスーツを身につけるようになった。その光沢のある派手な色は濃い化粧に映え異様な雰囲気を漂わせている。まるで事務所にクラブのホステスが集金に来ているみたいだ。でも、日本人社員は知らん顔をしている。

メーウも、ここでは先輩と威張りたがるし、どちらも親しみを持って接する気にはなれない。だがメーウは先輩面をしたいがためか、甘過ぎる飲料水を買ってきて「ドゥーム、ナ（飲み）」とくれる。

働き始めて驚いたのが、メーウは勤務時間中ずっと何かを食べている。あきれるのは口を動かしながらコピーをとりスルメをくわえながら掃除をする。日本人スタッフに菓子類は大目に見てもらっているがスルメは臭いからと禁じられた。だが、私以外の日本人がいなくなるとすぐ引き出しから取り出し食べ始める。信じられない文化がここにあった。

私が勤めだして一カ月が経った日の夕方、バタバタと太田と有木が現場から帰ってきた。何か問題が起こったらしく二人は苦い顔をして打ち合わせ机に向かい合った。するとパニダは何を思ったのか同席した。さも自分は重要なポストであるかのように。何か勘違いをしているようだ。

太田はパニダに怪訝な目を向け「君の仕事とは関係がない。席を外しなさい」と冷たく突き放した。

パニダはムグッと唸り、悔しそうな顔で席に戻ってきた。だが気になるらしく間仕切りに隠れて聞き耳を立て出した。一心に耳を傾けているが専門用語が多く理解できないらしい。でも、分からないなりに必死に聴いていたがしばらくして無理と諦めたようだ。

「アキコさん、聴くネ！　私に、言うネ！」

私に内容を把握してこいと命令してきた。高圧な態度で指示するので逆らうには面倒くさく間仕切りのそばに立った。

どうも事故があったようだ。現場でタイ人労働者が足を滑らせて落下し、すぐに病院に運ばれたが死んでしまったらしい。

「よく分からないけど、事故があったそうよ」

パニダに詳しくは言わなかった。私もよくは分からないし、ほじくらない方がいいような気がする。この事故は企業サポート会社と弁護士に任せ、公にしないらしいから。

「もっと聴くネ。どんな事故ネ？」

「でも、聴くなって言われているのにダメでしょう」

「分からないように聴くネ」

「ダメよ。パニダさんでもあっちに行けって言われたのよ。なのに、パニダさんの部下の私ならそばに行くだけでもアウトよ」

パニダの部下ということを強調して言えば、気分をよくしたのかオーケーと引き下がった。だけど彼女はしつこく間仕切りの陰で聞き耳を立てていた。

こんなところのタイ人女性の執拗さというかパワーに感心してしまう。私なら面倒くさいと諦めてしまうのに。

時計の針が四時を指したので書類を片付け、帰る用意をしていると太田が私を呼んだ。

「彰子さん、今晩、時間ある？　少し残業してもらいたいのだけど」太田が言い終わらないうちに「私、残業するネ！」と、いきなりパニダが声を張り上げた。

「いや、君はいいよ。仕事が違う。これは日本に関してのことだ。本社に連絡事項をまとめなければならない」

「アキコさん、残る、私も残るネ」パニダが恨めしそうな顔を太田に向けると、有木が笑いながら言った。

「パニダさん、本社向けの書類だよ。それって漢字だらけだよ。いくらパニダさんは日本語が上手でも日本人でなきゃ難しい。それでも残るのだったら残ってもいいけど残業代は出ないよ。いいの？」

そう言われると急にパニダはそわそわし、「そう、今日、お姉さんと約束ネ」と、独り言のような言い訳をし、帰っていった。

残業代が出ないのが効いたようだ。気がつけばメーウはとっくに帰っていた。

太田と有木はいつものこととパニダの言い訳を無視し雑談を始めた。

「あの、本社への報告書は今日の事故の件ですか？」

「いや、報告書は嘘ですよ。事故は事実ですが本社には知らせません。死んだ人には気の毒ですが下請けのまた下請けの人で、身分証明書も偽装だったらしいです。それに安全帯の着用を義務づけているのに勝手に外していたようです。後は下請けで処理してもらいます」

「じゃあ、私は？」

「食事に行きましょう。もうすぐ坂口と望月が帰ってくるので日本人だけで一杯やりましょう」と、有木が後を引き受けて楽しそうに語った。

坂口と望月、大学を出て二、三年目くらいだろうか。独身で将来有望だと一目で分かる。パニダとメーウが狙っている。妻帯者の太田と有木は捨ておかれ、彼女たちはこの二人に興味を持っているのが露骨に分かる。だが、どちらかといえば坂口の方が美形なので彼が危ない。パニダはかなりの年上だけど、そんなこと本人は気にしない。ハンサムな日本人男性をモノにできたら自慢したいのだ。

五人でタニヤの日本料理店に出向いた。

「ここは料理長が日本人だからまともなものが喰えますよ。天麩羅がうまい」太田がにこやかに話しかけてくれた。

――多恵子とはどうするつもりだろう……？

多恵子は太田に日本に帰ってきてほしいと頼んだが返事がなかったそうだ。そして、今すぐ無理ならその日まで待つとも言ってみたが、やはり無言だったらしい。太田の頭には離婚しかないのだろうか。

「彰子さん、好きなものを注文してください。今日は彰子さんの歓迎会を兼ねた親睦会です。勘定は会社持ちですから」有木が上機嫌で場を盛り上げている。

「パニダやメーウとはどうですか？　仲良くするのは大変でしょう？」

「ええ、かなり感覚が違いますから有木課長の仰っていたように当たらず障らずにしています」

この国に来てタイ人女性とたくさん知り合ったが一緒に働くのは初めてだ。知り合い程度ならすごい性格、感覚が違う、で終わるのだが、一緒に働くとなればそれでは済まされない。目に見えての競い合い、順位争い、執着が凄まじく、仕事でないところで消耗するエネルギーが半端ない。すごく挑んでくる。しかし拍子抜けするほど簡単に諦めてしまう場合もある。

パニダは三十六歳、私と同い年だ。でも年より老けて見える。四十歳を超えているのかと思っていた。日本語は語学専門学校で習い、日本で一流企業の通訳と事務をしていたと履歴書には書いてあったらしい。だが、それをどう信じていいのか分からない日本語能力に面接をした有木は笑いを堪《こら》えるのに苦労したそうだ。

すぐに嘘と分かる嘘を吐くし、発音がひどい。たぶん日本には一度も行ったことがなく、日本企業なんてここに来るまで働いたことは百パーセントないだろう、日本と関係のない中華系の企業名が履歴書に書いてあったから。質問をすればするほど聞き取れない日本語で訳の分からない回答が返ってくる。面接の間中、笑いを堪えていたと有木は言っていた。

普通の企業ならあんな日本語も英語も未熟な人は雇わない、とも付け加えた。

なら、なぜ雇ったのか？　この企業は普通じゃないのか？

でも、皆が言うほどパニダの日本語はひどいとは思わない。私には全て通じている。私のタイ語とどっちがひどいか？　パニダの日本語の方がずっとましな気がする。まだ皆はパニダの日本語は聞き取りにくいし仮名しか書けないと盛り上がっている。そして、メーウの方が単語だけの指示でコピーや掃除の業務をこなしていると褒めている。パニダは報酬の良い観光ガイドの仕事も発音に問題ありで無理なのだろうと話すので不思議だった。

「そんなにひどいかしら？　私は彼女の日本語、全て理解できますけど？」私が疑問の顔で言ったら、有木が答えた。

「彼女は根性が半端なくあるのですよ。この会社に来て、日本語の語彙が目に見えて増えましたね。そこは褒めます。彼女の通っていた日本語学校を調べると、よそとは桁違いに安い授業料だが講師は日本で不法退去処分になったタイ人で、漢字が読めないし書けない。だからパニダは漢字に関して独学で勉強をしたようです。原さんの前任者にもよく教えを請うていましたよ。まあ、適当に扱われていましたけどね。本当に最初はひどかった」

「じゃあ、なぜ雇ったのですか？」

「仕方なしですよ。バランチャイの紹介ですからね。本当はいらないのです。何にしても中途半端で使い物にならない。通訳なら優秀な男性社員がいますよ」

「バランチャイさんの親戚かしら？」

「親戚関係じゃないでしょう。バランチャイの身内ならもう少しましな教育を受けているでしょうね。たぶん酔った勢いで手を出して、切りそこねたコレじゃないかな」有木は小指を立てた。

「いや、違うよ。パニダはバランチャイの何人目かの妾に産ませた娘と聞いている」太田が正した。

「ええーっ、パニダが？　嘘のようですね。バランチャイの娘なら働かなくてもいいでしょうに」望月がパニダの意外な境遇に驚いている。

「バランチャイさんはお金持ちなのですか？　何人もお妾さんを囲うなんて」私はパニダへの興味を隠せず聞いた。

「ええ、相当の資産家です。あっちこっちの企業に首を突っ込んで名義を貸しているので財界では有名人ですね」太田が答えた。

「でも、パニダさんはお金にかなり執着があるのでしょう？　すぐに給料を上げてくれと言うそうじゃないですか」坂口も見下した言い方をした。

「バランチャイは金持ちだけど吝嗇家《りんしょくか》だ。だから、大勢いる中のあまり気に入ってない妾に産ませた娘に回す金は惜しく、自分の関わる会社に就職させて済ませている、ということだ」

「あの爺さん、妾が何人もいるのですか？　意外だな。堅実そうに見えるのに」

「彼は華僑で商売はうまいけど女好きがこうじて何度か殺されかけたらしい。自分で自慢していたさ」太田が坂口に話している。

その太田を見て、――自分だって……。メイの姉、愛人がいたくせに。メイの顔が浮かんだ。

皆は、パニダとバランチャイ親子を軽視し面白がっていた。

しかし、この国の法律上、合弁企業を興すのにバランチャイのような存在は必要不可欠らしい。

パニダはバランチャイとは実の親子だが認知もされず、バランチャイ自身がパニダを重視していないため、ここにいる人たちは親子と聞いても気が楽なものだ。何だかパニダが気の毒に思えてきた。ただ、パニダの顔立ちがもう少し良ければ男性たちの対応も変わっていただろうに。異様に大きな口で前歯が出っ張っているのは誰のＤＮＡだろう？　バランチャイさんかな？　整形で何とかならないものか？

パニダ、憎らしいけど背負っている生い立ちを考えると少しの同情が湧いてきた。お金持ちだけど他人のような父親。おまけに、クン・ポー（お父さん）と呼べない環境。本来タイ人なら父親が有力者であれば威張りきるはずだけど、それをさせてもらえない事情がある。バランチャイ爺さんにしてみれば、ちょっと手を出し、切りそこなった女にできた子は、その辺の知り合い程度の感覚なのかもしれない。面白くないだろうな。

翌朝、いつもは遅刻寸前のパニダが始業五分前に事務所に来ていた。私が席に着くと早速やってきて、「昨日、打ち合わせ、後、どうしたネ？」と、勘ぐりを入れてくる。

「昨日の打ち合わせ？　別にたいしたことじゃなかったわ。安全管理についての書類作成よ」

「違うネ。打ち合わせあと、すぐ家、帰ったネ？」

「仕事の後？　居残りの残業代が出ないので晩ご飯をご馳走してもらったわ」

「晩ご飯？　何、食べた？」

「天麩羅！」

パニダの目が憎しみに燃え出した。

「一時間の残業代だわよ。天麩羅とご飯を食べて、私はすぐに帰ったのよ。男性はお酒を飲みにいったけどね」

すると、パニダは得意顔で自慢し始めた。

「アキコさん、ご飯だけネ。私、十回、二十回、お酒、飲み、行ったネ」

また始まった。パニダの自慢。だけど飲み会のことは信じられない。男性たちは女性を飲み会には同席させない。店の女の子と戯れたいから邪魔なのだ。でも、気分をよくしてあげよう、「まあ、羨ましい」と。喜ばせついでに新しい服も褒めておいた。「パニダさん、今日の服はステキね。オレンジ色が似合っているわ。センスいいのね」と。この言葉でパニダは機嫌を直した。しかし、今度はこの服をどの店で、いくらで買ったか、誰に褒められ羨ましがられているかまで、くどくどと言ってきた。ああ、うるさい！

毎日がこんな調子だ。こんな日常を多恵子に手紙で知らせていた。太田は変わりないが親しくしている女性がいるかは分からない。アヤサンに聞けば、遅くなることはあっても女性の匂いはしない、とのことも書き送った。

こちらからの一方的な連絡ばかりで多恵子からは何の返事もない。

しかし、その多恵子から突然タイ以外で会いたいと連絡がきた。都合よくビザの更新もあるのでシンガポールで会うことにした。

だが、シンガポールに行く前日、太田がバンコク拠点からラムプーン県の工業団地に異動すると聞かされ驚いた。もちろん大きな工事が始まるとは聞いていたが、まさか太田自身が異動するとは思っていなかった。私には仕事は続けてくれとのことだったが、アヤサンは解雇。スクンビットの家も明け渡すとのことで多恵子に何と話そうかと動揺した。

シンガポール

先に到着していた多恵子がチャンギ国際空港で待っていた。

多恵子の顔を久しぶりに見た。会えば暗く重苦しい空気はやむを得ないと覚悟していたが意外と普通だった。相変わらず背筋が伸びて上から見下ろされている感じは依然として変わらない。

宿泊費を含む滞在費用は多恵子持ちということで寂しい懐事情は安心だ、早く太田の異動のことを言わなければ。

「太田さんのことだけど、私は昨日聞いたばかりで本当に知らなかったの。太田さん異動になったの。場所はラムプーン県という地方なのだけど」

「うん、知っている」

「えっ？　知っているの？」

「太田に電話したら、そう言っていた。私たち、別居していてもまだ夫婦よ。家や親族のことで話さなきゃならないこともあるからね」

「それは……そうよね。当然だわ」

言葉を選び、言い方を考えた末に発した近況報告なのに、肩透かしをくったようだ。

「バンコク、あっちはどう？　相変わらず私の噂を聞く？」

「それがね、私、語学学校を辞めたの。だからクスマーさんとも会っていないし、多恵子の知り合いはどうしているのか分からないわ。それに事務所では太田さんの手前、誰も何も言わないしね」

「そうね。アッコの接する人と私の知り合いじゃ同じバンコクでも違う世界ですものね。もしかして、もう私の存在なんて消えているかも。私は、もう過去の人間だわ」

「そんなことないわ。またバンコクに戻ってくればお誘いがあるわよ」

「いいわよ、お誘いなんて！　あんな人たちから興味本位で誘われたくないわ！」

「そりゃ、そうね」

おお、怖い！　多恵子の機嫌を損ねた。

サマセット・モームが執筆の際に宿泊したことで有名なラッフルズ・ホテルの隣のホテルに多恵子は予約をしていた。

「ウエスティン・ホテルに泊まるのよ。ラッフルズは高いからね」と、言いながらタクシーを降りて、そのラッフルズという高級ホテルを見つめていた。

聞いたことがある。タイに来てすぐの頃、太田と二人でシンガポール旅行をしてラッフルズ・ホテルに泊まったと。

「ねえ、荷物を置いたら、ラッフルズにお茶しに行こうよ」多恵子が提案をした。

ラッフルズ・ホテルは気品と風格が満ちあふれ、建物に差す光がコロニーの空気を漂わせていた。その漂う空気を味わっていたら、

「アッコ、速く歩きなさいよ。トロいわね！」多恵子の苛立った声がした。

——多恵子、元気だ！

ボーイに緑がきれいな中庭のコーヒーラウンジに案内された。木陰のテーブルは、チラチラと光る木漏れ日が一層コロニアルな雰囲気を醸し出している。でも、蒸し暑い！

「このホテルのラウンジは冷房がないのよ。天井が高くってシーリングファンを取り付けてあるだけ。だから屋内より中庭のほうが涼しいのよ」多恵子が私の怪訝な表情を察してそう言った。

「そうなの？」

多恵子の言ったとおり、じっと座っていたら樹木を通しての心地よい風を感じる。

「すごくステキね、このホテル。オリエンタル・ホテルもいいけど、私はこっちの方が好きだわ」と、このコロニアル建築に浸りきっていた。

「そう、それは良かった。で、あんたはいつまでバンコクにいるつもり？　カンボジアのボランティアはどうなっているの？」

「えっ、ボランティア？　……そのうちにと思っていたらカンボジアの情勢が変わってきたじゃない。今からじゃボランティアの必要はないし。そうかといって日本には帰る気がしなくって」

「日本に帰る気がしないのは、もともとカンボジアは関係なくて他に理由があるのでしょう？」

「なによ、それ！　他に理由なんてないわ」

「あんた、今まで言わなかったけど、日本で何かあったわね！　日本にいたくない理由、あるのでしょう？」

「ええっ？　そんなものないわ。ただ、堅苦しい日本に戻りたくないだけ」

また嘘を吐いた。今の状況からして多恵子には話してもかまわないけど、やはり口を噤《つぐ》んでしまった。

本当にあんなつまらない失恋？　いや、失恋なんかじゃない。あんなもの、ただのミステイク。そのミステイクに固執してしまった執着……が自分でもうっとうしいだけ。

ああ、今となっては本当にどうでもいい。

しかし……刃物を持ち出した。そのことが……心臓を凍らせてしまう。

——杉本のせいだ。あいつがあんな行為をさせた。あいつに誠実さの欠片もなかったから。

もし、多恵子に刃物を振りかざしたなんて言えば、言葉を失うほど退かれてしまうかも。いや、もしかして大笑いされるかもしれない。なんてバカなヤツって。

多恵子が私を疑いの目で見ている。

「あんた、本当にどうなっているの？　カンボジア難民キャンプでボランティアするってタイまで来て、何もしないまま時間が経って、それで今は動機も何もかも忘れて、いったい何をしているのよ？」

「ええ？　私、何をしているのか自分でも分からない」

「何をしているのか自分でも分からないって、ホント困った人ね。日本にいたくない理由がないのなら帰りなさいよ」

「ええ、そのうちに帰ろうと思っている」

「そのうちって、いつよ？」

「そのうちはそのうちよ。私のことはどうでもいいわ。多恵子はどうするの？　太田さんがランプームに行ってしまうのよ。多恵子もランプームに行く？」

話を多恵子に戻してやった。

「行かないわよ。実は、一カ月前にランプームに行くって聞いていたの。それって、太田が自分で希望したのよ」

「そうだったの？　知らなかった！　だったらバンコクじゃないから、また一緒に暮らせばいいじゃない」

「アッコに話さなかったけど、そのことは考えていたの。バンコクはもうゴメンだけど知らない土地で知らない人ばかりなら暮らせるって」

「そうよ！　煩わしい人たちがいなけりゃ平気よ！　夫婦、元の鞘に収まって前みたいに一緒に住めるって！」

「……そうはいかないの」

ボーイが紅茶と、ケーキやサンドウィッチを載せた三段トレイを運んできた。ニコッと微笑んで、ふんわり湯気のたつ紅茶を前に置いてくれた。その後、多恵子は静かに話し始めた。

「太田がね、もう私と一緒に暮らすのは無理だって。一人にしてほしいのだって」

「えっ？」紅茶のカップを持ち上げたが、また置いた。次の言葉が出てこない。

「私ね、拒絶されているの。私が何をしたってのじゃないし、当然、悪いわけじゃないけど、一緒に暮らすのは無理だって。女がいるわけじゃないのよ。ただ、私がそばにいるのは嫌みたい」

「嘘……」

思わぬ状況に、嘘という言葉しか出てこなかった。

「本当よ。嘘みたいでしょう！　悪いのはあっちなのに、私が拒絶されるなんて」

「そうよ、悪いのは太田さんなのに」私は、そんな返事しかできなかった。

「私たち、もう駄目みたい。待つことも拒否された。元の鞘に収まるのって可能性ゼロみたい。太田は日本に帰るつもりはないって。タイに行くことも待つことも拒否されたら、あとは離婚しかないじゃない。今ある預金は全てくれるそうよ。いらないけど、くれるって言うの」

多恵子の目から涙がこぼれ落ちた。多恵子、泣いている。

多恵子の涙、高校二年の時にユーゴスラビアの『抵抗の詩』という映画、それを観たあとに泣いていた。あの時以来だ。卒業式の時も結婚式の時も泣かなかった多恵子が涙をぽろぽろ流してハンカチがしわくちゃになっている。次から次にあふれ出る涙は止まりそうにない。涙の量が多い。普段泣かない人が泣くとこうなるのだろうか……。

「大丈夫？」としか言えなかった。

多恵子は無言で首を縦に振った。何とか修復してやりたいが私の力じゃどうにもならない。

「ごめん。もう普通に話せると思っていたけど駄目だった！」多恵子は鼻をすすり、話を続けた。「何度も考えて、何度も電話して、もう駄目だって認めたくないけど結果はどうにもならなかった。諦めなきゃ仕方ない。なのに、涙がでてくるの。ゴメン！」

「ううん、こちらこそゴメン。そんなことになっているなんて知らずに、毎日のんきに過ごしていて」

多恵子が潤んだ目でにっこり笑った。

「あー、紅茶が冷めちゃう。このスコーン、おいしいわよ」

多恵子、無理してスコーンを頬張った。高級なアフタヌーンティーが味のない物になっているだろうな。ああ、また涙が込み上げてきている。

学生時代から、いつもどこか偉そうな多恵子が嫌いだったけど、今はかわいそうで仕方がない。だが、太田……、太田の気持ちもなんとなく分かる。

二人でケーキやサンドウィッチを黙々と食べた。

その時、どやどやと日本人観光客が入ってきて騒がしくなった。ガイドが注文を取り始めると騒がしさが一段と増し、うるさくて仕方ない。だから、「出よう」と多恵子を促した。

「ねえ、アッコ。もう私、諦めた！　太田を自由にしてやるわ。もういいわ！」

ホテル脇の歩道で多恵子は天に向かって両手を広げ、伸びをした。

「ええ？」

「うん、もういい！　もともとね、私たち全然違うのよ。性格も考え方も。でも歩み寄らないところはお互い様で似ていたかもしれないけど」

「そんなことないわ。多恵子は歩み寄っているじゃない」

「遅いのよ。もう遅い！　今まで何年も彼の性格を批判したり考え方をなじったりしていたから、今さら、後の祭りよ！」


シンガポールの二日目、観光客があまり行かないインド人街やアラブ人街をうろついていた。

多恵子の頭の中には、常に太田が見え隠れしているのは分かっていた。でも、私はそれには気付かないふりをした。今、こうしている間だけでも女友達で楽しい旅行をしていると演じていれば、少しは楽に息を吐くことができるのではないかと思ったから。私にしてあげられるのはこれくらいしかない。

サルタンモスクを見物している時、モスクの二階で多恵子を振り返ると、多恵子の視線は一点に固まっていた。スカーフで覆った女性が一心に祈っている姿に。

「あの人、礼拝の時間じゃないのに何を祈っているのかしら?」と多恵子は小声で呟いた。

「さあ、分からないけど。たぶん毎日の平穏を祈っているんじゃない」と私が適当に返事をしたら、多恵子は「そうね」とだけ言って、まだじっと見つめていた。私の言葉なんてどうでもいいようだ。ただ自分も何かにすがりたい思いが彼女の祈る姿に同化したのかもしれない。

祈って願いが叶うなら、私もすぐにあの女性と並び一心に祈りたい。多恵子も同じ気持ちだろう。人生をやり直したい。時間を戻したい。

帰る日の朝、ホテルの庭でむせ返るように咲いている蘭の前で写真を撮った。でも、できあがったものを誰に見せるの? と、思うと笑顔が消える。多恵子が撮ろうよ、とインスタントカメラを買ったけど、こんな写真いる? 三十六歳の戸籍が変わったことのないハイミスとこれから離婚が控えている女二人。きれいな花とそれぞれの思いを背負った顔? 形に残さない方がいいような気がする。だがピースをした。

今の私にはまだ日本は遠い。居場所はタイにしかない。空港で多恵子と別れるはずが。

「ねえアッコ、私もバンコクに行く」

「ええ？　今からタイに？　日本への航空券はどうするのよ？」

「うん、無駄になる。だって太田に会いたいわ。あれから一度も会ってないのよ。こんなふうに別れてしまうなんて嫌よ」

多恵子の真剣な表情に言葉を飲み込んだ。今の私は貧しくて多恵子の事情をくむ前に無駄になる航空券の代金が気になった。自分で自分が、なんと浅ましい……。

都合良く、私の乗る便に空席があった。

バンコクに向かう機内、多恵子の顔は徐々に強ばっていった。

バンコクに着いてすぐスクンビットの家に電話をしたら、多恵子の顔は一瞬にして青ざめ驚愕の顔になった。受話器に耳を近づけてみるとアヤサンの声が聞こえてきた。

「イッタデス」

「行ったって？　会社じゃなくて……？」

「ダンナサン、イッタ。ランプーム、イッタデス」

「え？　もう、行ってしまったの？」

「ワタシ、アシタ、トモダチ、イエ、イクデス」

アヤサンが言うには、私がシンガポールに行った同じ日に、太田はスーツケースに当分の着替えを詰めてランプームに行ってしまったそうだ。後の身の回りの物は雇ったタイ人に運ばせ、それが済めばアヤサンも出て行くらしい。大方の家具や家電を処分すると聞いて多恵子の顔は暗く沈んだ。

「家に行きたいけど、でも近所の人とか、誰か知り合いに遇いたくないし」

「やめとき！　多恵子の物はもう何もないのでしょう?」

「うん、でも見ておきたいの。やはり明日行ってみる」

別れる夫婦の残骸？　夫の出て行ったあとの家、絆を片付けている最中の家に行かない方がいいに決まっている。運ばれ出す馴染んだ家具や食器を見れば辛さが光景として焼き付いてしまうから。

「それなら、ついて行こうか?」と言えば、「ううん、いいよ。あんたは仕事に行きなさいよ。三日も休んだのよ。太田がいなくなったのだから真面目にしとかないと仕事なくすわよ。まだしばらくはバンコクにいるつもりなのでしょう?」と、もっともなことを言われた。

翌朝、席に着くと私の机に二枚のメモ用紙が置いてあった。一枚は太田から。急ぎ赴任地へ向かわなければならぬ案件発生のため、黙って発ってしまったこと気を悪くしないでほしい。との走り書き。そしてもう一枚、タイ語教室のクスマーさんから電話あり、必ず電話してくれとのことだった。クスマーさんの方には重要のスタンプが押されて、字は有木課長のものだった。たぶん、しつこく依頼するクスマーさんへ嫌み含むジョークだろう。

昼休みにスクンビットの太田の家に電話をしてみたが誰も出なかった。もう配線をOFFにしてしまったのか？　いや、呼び出しているから誰もいないのだ。多恵子はどこにいるのだろう？　もしかして私のアパートにいるかもと電話をしてみたが、ガードマンは誰もいないと言う。どこにも連絡の取りようがない。夕方まで待つことにした。次に一応タイ語教室にも電話をした。予想通りクスマーさんもいない。彼女の場合は、どうせ大した用件じゃないだろう。もしかして、またしつこく多恵子の消息に探りを入れてきたのかも。一度電話はした。だから責任は果たした。

夕方、四時になるとすぐメーウがバッグを抱え帰っていった。私もと続きたいところだが昨日まで休んでいたので帰りにくい。もじもじしていると有木が、「明日は、新しい拠点長が来るから忙しくなるでしょう。今日はもう帰ってください」と言ってくれた。

急ぎアパートに戻った。だが、多恵子はいなかった。その代わり、手紙だけが置いてあった。


アッコ、ごめん。アッコが帰ってくるまで待てなかった。ランプームに行って太田に会って顔を見て話してみる。私一人では心細いからアヤサンを連れていく。悪いけどスクンビットの家を明け渡さなきゃならないのでアヤサンの荷物を預かって。急いでいるので知人の家まで持っていく時間がなかったの。ごめん。


テーブルの下にアヤサンの荷物が置いてあった。合成皮革がひび割れボロボロの大きな黒いカバン。テーブルからはみ出た部分を足でぐっと押し込んでやった。

多恵子、吹っ切れないのだ。太田から離れてしまうことができないのだ。あんなふうに拒絶されているのに……。

若い売春婦と暮らし、その売春婦と死亡事故まで起こして多恵子の顔に泥をぬったのに太田の姓が捨てきれないでいる。太田の荷物と一緒に行ったのかしら？

多恵子が太田を追いかけた翌々日、新しい拠点長の歓迎会に私も招かれ帰りが遅くなった。

アパートの階段を上がっていくと部屋に灯りがついていた。ああ、多恵子が戻っているのだ、と急ぎドアを開けるとアヤサンだけがいた。

「アヤサン？　多恵子は？」

「オクサン、ニホン」

「何、日本？」

「ランプーム、ダンナサン、オクサン、プーマークレオ（いっぱい話した）。マイカオチャイ（分からない）。オクサン、ニホン」

「うそー、何も言わずに」

「ワタシ、アキコサン、ロッティー（待っていた）。ニモツアル。オクサン、アキコサン、ユウ、イッタ」

「何て？」

「コレ」

「ゴメン」

「それだけ?」

「ソレダケ。ワタシ、トモダチ、イエ、イク。トモダチ、イエ、コレ」

コレと言って渡された紙切れ。お菓子の包み紙の裏に住所が書いてあった。クロントゥーイってスラム街。アヤサンの連絡場所は太田の死んだ彼女と同じエリアだ。

多恵子から翌日に電話があった。

「ごめん。今、実家に戻ってきたの。落ち着いて頭が整理できたらまた電話する」とだけ言って切れた。その後、いくら待っても音沙汰がない。こちらから手紙を出しても返信もなく、電話をかけても母親がまたこちらから連絡すると言って切られた。

第三章

生きてるだけ

タイに来て五年が経った。たった今、しばらく一緒に暮らしたタイ人男と別れた。この男で三人目、同棲しては別れての繰り返し。

本当にどいつもこいつも大嘘つきの大バカ野郎ばかりだ。私にはこんなやつとしか巡り合わせがないのか、いやこんなやつにしか相手にされないのかも。誠実で立派なタイ人男性は多くいるというのに。

自己嫌悪に陥る。分かっている。何が間違っているかということ。

だが、ここでずっと一人で暮らすには寂し過ぎる。最低なやつと気付きながらも寂しさを紛らわせるため、遊びの一環だとごまかし関係を持ってしまう。ここバンコクで一人暮らしをするハイミスはこうなってしまうのかもしれない。そして、この最低な恋愛もどきは中毒のように繰り返してしまう。生き延びるために、どうしようもなかった。

だが、やはり私はバカかもしれない。一度ならず二度、三度。いや、杉本も数えれば四度だ。男にいいように利用されて。

まあいいわ。このバカ野郎たちはバカすぎて関わったことが恥ずかしくて人に話せない。私にはなかったことにする。

しかし、別れたばかりのカス野郎は私と同棲しながら持ち帰りオーケーのホステスとも付き合っていたのだ。あの最低のカス野郎は一生働かず、浅黒い肌とエキゾチックな顔立ちを利用し女の金で生きるしか能はないらしい。いつまでそれが続けられることか。

そんなことより、エイズが心配だ。持ち帰りオーケーのホステスとあいつを共有してしまったのだから。

——すごくおぞましい。

もし、私にエイズが感染していたら……、私、この国でどうなるのだろう。

意を決して検査を受けたら、セーフだった。

また五年が経った。

この頃、自分は薹《とう》が立ってしまったのを嫌になるほど痛感している。男たちが寄ってこなくなったのだ。日本人の独身女が一人で暮らしていると、言い寄ってくるタイ人男性は異常に多い。だが、それも若さが残るうちで少しでも老けてくると見向きもされなくなった。ウルサイ蠅がいなくなったとうそぶき、平気な振りをして肩肘をはっている。そのくせいらいらしがちで何かにつけタイ人男性にムカついている。

それでも私はタイに居続けている。この国に逃げてきた動機なんてとうに消えているのに。本心は帰りたいけど日本で普通に暮らす自信がない。ただ生きるために働くのだから、仕事はどんなものでもいい。だが日本企業が怖くて仕方ない。早く帰らなければ余計にこの思いがひどくなることも分かっている。ただ、勤めている日系企業のこの会社が私に辞めろとは言わないから私の必要なさを痛感しながらも、次のビザ更新まで、あと少しだけと帰国に踏み切れない。

ビザの更新が近づくたびに自分の年齢を意識してしまう。年齢通り確実に老けている。老けを自覚するのは鏡もあるけど、同い年のパニダを見て実感する。

パニダもまだこの会社で働いている。日本に帰ることを想像しながらパニダを見ると、一生懸命パソコンに向かって書類を作っていた。険しい顔をしている。

会社の事務作業がワープロからパソコンに変わり、ソフトがあるから誰でも書類を作れてしまう。私としては面白くない。

時間が有り余るので、パニダに日本語の分かりづらいところを教えることが日課になっていた。彼女は負けず嫌いが功を成してか著しい成長が見られ、ちょっとした交渉なども簡単に片付けてそれなりに信頼を得始めていた。これも面白くない。しかし、パニダに日本語の複雑な面を教えないという選択肢はない。理由の一つは、この職場は永久の場所ではないと自分に言い聞かせるため。それに友達となったパニダの成長は良いものだ。

その友達となったパニダは、最近、運転免許を取得し通勤はもちろん、それ以外でもどんなに近くてもマイカーを使うので運動不足が目に見えて分かる。おまけに周囲の目を気にしなくなったからかパニダ流の美意識が低下してしまった。キャリアをひけらかす象徴だったぴっちりのタイシルクスーツを着るのはやめてしまったし、肥えるからと我慢していたお菓子をよく食べている。しかし、ささやかな抵抗なのかこれ以上太りたくないと昼ご飯をわずかしか食べない。その反動で、おやつを食べ通しでかえって肥満化し腰回りがすごい！

昼休みの十二時になるとすぐパニダは席から離れ、食事に行こうと私に合図を送ってきた。私たちは財布を持ち近くの屋台へ直行する。早く行かないと混み合うのだ。暑い中待たされ、なかなか食事にありつけないこともある。小走りで行き着いたら今日は客足が少なくすぐに席に着けた。

テイクアウトにすればいいのだが、新しく赴任してきた拠点長が臭いを理由に事務所で食事をすることは禁止された。仕方なく、毎日十二時になると屋台まで直行する。

日除けのパラソルの下、汗を拭きながら二人でパッタイ（タイの焼きそば）を食べ、食後はコンビニでアイスクリームを買って事務所に逃げ込むように戻ってきた。四月のバンコクは暑くて外にいられない。パニダはすぐにテレビをつけ、アイスのカップに持参のご飯を混ぜ込んでいる。私もパニダの横に座りアイスを食べながら交通事故のニュースを見始めた。この国のニュース映像は日本と違ってリアルだ。路上に倒れている人の内臓が飛び出し、足が潰れ、日に焼けたアスファルトに血糊がべったりはりついている。

何年経ってもこのリアル映像に慣れない。私は顔を顰《しか》め言った。「タイって、ここまで映す。日本ならありえないわ」と。別に非難がましく言ったつもりはなかったのだがパニダにはそう聞こえたようだ。何が悪いのよという目付きで「日本の死亡原因はナニ？」と挑んできた。だから「マレン（癌）よ。胃癌、グラポ・アーハン（胃）のマレンよ」と伝えると、今度はパニダが顔を顰め「おお、怖い！　マレン怖いネ。日本、怖いネ。タイ人はマレン少ないネ」と非難の目を向けた。

何言っているのよ。あんたの国の死亡原因第一位は交通事故で二位が殺人じゃない！若い人がどんどん死んでいるのに。病気になるまで待てないのでしょう。と、言葉にはせず蔑んだ目を向けたけど彼女は勝ったつもりでいる。この国と日本の実情を勘違いしているくせに。

「日本、おお怖いネ、怖いネ！」と、パニダはしつこく呟きながらアイスを食べていた。自分はタイ人だから安心という顔で、カップのアイスとご飯をくりくりと混ぜてはスプーンを舐めている。この食べ方は糖尿病になるから止めろと私の再三の注意を聞こうとせず一日に何個も食べている。バカじゃないの！　そのうち糖尿病から怖い病を併発するのだから。とあきれていたら、久しぶりにクスマーさんから電話がかかってきた。

「彰子さん、上野洋子、覚えているネ？」

「ええ、覚えているわよ。以前、タイ語教室で一緒だったからね。彼女、どうかした？」

「死んだよ。交通事故で」

「えっ？　あの子、まだバンコクにいたの？　それで死んだの？　いつのこと？」

「一週間くらい前。ラチャダムリ通りで彼氏のバイクに乗っていて事故にあったネ」

「彼氏も死んだの？」

「彼氏生きている。上野洋子だけ死んだネ。彼氏のバイクに上野洋子乗ってた。ロットゥー（乗り合いミニバン）とぶつかって上野洋子吹っ飛んだ。そしてトラックが轢いた」

「なんてこと」

「それで、死んだよ」

「ついてない、運のない子……」

「そう、運悪い。上野洋子のお母さん、バンコクに来ている。明日、日本に骨持って帰るネ。夕方、彰子さん、上野洋子の骨にサヨナラしに行かないか？」

「私が？　クスマーさんは行くの？」

「行くよ。上野洋子の写真届けるネ。だいぶ前の写真だけど彰子さんも写っている。この時にいた人、彰子さんだけネ。友達行かない寂しい。行こう。夕方なら行けるネ」

上野洋子、久しく聞かなかった名前だ。まだタイにいたのだ。

彼女とは行かなきゃならないほど親しくなかった。だけど日本人が誰も行かないのは寂しい。

「そうね。私だけでも日本人が行った方が良いわね。仕事が終わったら教室に行くから待っていて」

午後四時の勤務時間終了と同時に事務所を出た。教室に着くとクスマーさんが待っていた。彼女はタイ語教室を辞めて別の仕事に就いていたが結婚をして離婚をして、またこの仕事に就いている。日本は渡航ビザが面倒だとかで一度も日本の地を踏んだことがないのに相変わらず日本語を流暢に交わしている。時々助詞や助動詞が抜けて違和感を覚えるし、まだネが耳に付くけど。

「上野洋子、パスポートなくしていた。彼氏、日本の家知らない。彼氏、上野洋子、この教室に来ていたと警察に話したネ。それでポリス来て死んだと分かった。教室にパスポートのコピーまだあった。日本大使館にコピー渡したら、日本の家に連絡したネ」

上野洋子の母親が宿泊しているホテルにバスで向かいながら、クスマーさんが経緯を説明してくれている。ホテルはスリウォン通りに面しているタワナホテルだった。ここなら会社から近いのに、クスマーさんがこっちに来ればよかったのよ。それかホテルで待ち合わせればよかった。時間の無駄だわ。と不服に思い、クスマーさんのごちゃごちゃと喋っている言葉を聞き流していた。

「上野洋子、エイズだったよ。彼氏もエイズネ」

「エイズ――？」

突然の暴露に私は立ち上がってしまった。乗り合いバスだから車掌が降りるのかとこちらを見たが、クスマーさんが手で違うと制した。

「上野洋子、タイに来る前からＨＩＶ感染していた」

「えっ、じゃあ、あの時は感染者だったの？」

「そう、私たちに内緒していた。ばれると除け者にされるから。彼氏と二人だけ秘密ネ。誰にも言わない。でも事故で血が出た。だから、彼氏がアンビュランス（救急車）の人に言ったネ、エイズだって」

「あの彼氏、クビの後ろに阿弥陀さんのタトゥーを入れているからエイズにかからないって言っていたのよ。おまじないだって」

「そんなの嘘っぱち！　日本語で何ていうのだっけ？　スーパースティション」

「迷信のこと？」

「そう、それ。メイシン。嘘っぱちネ。彰子さん信じていたか?」

「そんなの信じるはずないじゃない。でも、そう言っていたのにエイズだったなんて」

「だから、メイシンだって!」

「うん、そう。エイズなのにそう言っていたというほうがいいのかな」

話がかみ合わない。

「これで分かったネ。タトゥーのまじないは嘘」

まじない? そんなもの、どうでもいいけど。

上野洋子、何年前になるのかな? あの時、あの二人はＨＩＶ感染者だったのだ。上野洋子は一週間前まで生きる未来がないって分かって生きていた? あの子、過去に何があったのだろう。

「上野洋子と彼氏、どこで知り合った、思う?」

「さあ? 聞いたことなかったけど、ディスコかしら?」

「違うよ。ワット(寺)だよ。エイズの人、集まるワット。そこへ上野洋子は日本から来たネ。そして彼氏も自分がエイズだと分かってワットに行った。彼氏の前の女、ゴーゴーバーで働いていた。エイズで死んだ。エイズ分かった時、その女を捨てた。けど自分もエイズなっていた。エイズの人、誰も相手にしない。自分も同じなった。行き場ないネ。同じ悩み持った人同士、仲良くなったネ。でも、まだ二人とも元気。死ぬまで楽しむ、二人で同棲したネ」

「じゃあ、あの時は、まだ発症してなかったのね」

「事故の時はしてた。上野洋子、棒みたい痩せて動けなかった。彼氏も症状あった。けど彼氏は少し。上野洋子がひどい。だから事故の日、ワットに連れて行こうとした。彼氏は動けた。上野洋子は動けない。だから捨てようとした」

「え？　捨てるって？　人なのに捨てるって？　同じ病気なのに」

「そう、同じ病気。でも、この病気は重いほうを差別する」

「信じられない。あいつ、バカじゃない！」

「それに彼氏の親、上野洋子のお母さんに『おまえの娘がエイズうつした』言ったネ」

「ひどい……」

「近所の人に息子がエイズになった言い訳ネ。それとお金欲しいネ。うちの息子は親切。困っている日本人の世話をしてうつされた、言ってる。それと生活費は後で洋子の親が返すと言って、彼氏の親が出していたネ。でも、少しネ。だけど、要求は何倍もするネ。慰て暮らしていたのだろう？

この頃、タイという国に慣れてきて予想がつく。しかし、ＨＩＶで重症の二人がどうし

「そうね。きっと、そう言ってくるわ」

謝料も欲しい、言うネ」

レセプションカウンターで上野洋子の母親を呼べば部屋まで来てくれと言われた。ロビーやラウンジなど人の多いところは避けているらしい。彼氏の親族が待ち伏せしている可能性があるからだろう。

部屋に入っていくと、上野洋子のお骨は母親が日本から持ってきた骨壺に収められていた。途中、花屋で買った小さなブーケを骨壺の前に供え手を合わせた。これがあの上野洋子かと信じられない。写真もなく線香もない。白い布地の箱。

この骨壺を見て、ふと思った。

同じ十字架を背負った者同士が何年もの間、傷を舐め合って生きてきた。彼氏は上野洋子の弱っていく姿を見るのが辛かっただろう。そのうち自分も同じ病で死ぬ。症状の重い軽いで差別したのではなく見ているのが辛くてワットに連れて行こうとしたのではないか。

長い間一緒に暮らしてきたのだ、情が移っているに違いない。

そうだ、そのうち彼氏も死ぬ。それなら骨を一緒に埋葬してやれないだろうか？

彼氏はどう思っているのだろう？　このままでいいのかしら？

だが、すぐ違う状景も浮かんだ。彼氏が自分を正当化するために上野洋子一人を悪者にして言い訳を並べている姿。最近の二人を知らないから判断がつかない。

骨壺を見つめていたら、あの上野洋子が「私は精いっぱい生きたわ。生きられる方法を見つけてね」と語っているような気がした。

やはりこのままの方がいいのかもしれない。日本に帰って、日本の大地に葬った方が。

すごく腰の低い母親だった。六十歳前後かな？　上野洋子から全く想像のつかない雰囲気の人だ。顔も似ていない。上野洋子は父親似かな。その父親はどうしているのだろう？

こんな時になぜ来ないのかしら？

お悔やみの言葉を述べると、母親はまた深く頭を下げた。その後、クスマーさんはベッドに腰掛け、私は勧められた椅子に座り母親と向き合うかたちになった。

「わざわざお越しいただいて申し訳ございません。洋子と仲良くしていただいていたのでしょうか」と聞かれた。日本人の知り合いがいたことがうれしかったようだ。でも、私には上野洋子の近況が何も分からない。

「すみません。友達といえるような仲ではなく語学学校が同じだったというだけです。その時のクラスの人たちは帰国してしまいましたし、私は洋子さんと行動を共にしなかったのでお母様にお話しできることが何もないのです」

私の言葉に母親は寂しそうな微笑みを浮かべた。

「ええ、分かっています。洋子はどなたとも親しくはしなかったと思います。今となっては事情をご存じでしょうけど、日本の方にもタイの方にも心を開けない理由があったのですから。親しくなればつい話してしまって、そこに居場所がなくなりかねませんからね」

母親の体中から痛ましさが伝わり言葉が見つからない。

「洋子さん、楽しそうだった。私と一緒の時、いつも笑っていたネ」クスマーさんが楽しそうに明るく言った。

彼女はケマリット君の後任で私たちのクラスを引き継いだけど、私が辞め、その後上野洋子も行かなくなった。教室で教えたのは二回くらいだろう。それも随分前のことだからあまり知らないはずだ。それに上野洋子の笑いは楽しくて笑っているのではなく、いい加減なヘラヘラした笑いだった。そこを、ニュアンスを変えたのは母親に気遣ったのだろう。

「あら、そうですか。笑っていましたか？　あの子が笑っていたのですね」

母親はうれしそうだった。

「お父さん来ないですか？　お母さんだけ？　他の家族は？」

私も気になっていたけど、何か事情があるかもと遠慮して尋ねなかったらクスマーさんが聞いた。

「父親はおりません。あの子が小学生の時に病気で他界しまして。だから母子家庭です。兄がいるのですが兄は自分の家庭があり、あの事情であの子は縁を切られてしまいました。私以外に心配する人も悲しむ人もいないのです。自業自得と言えば、そうなのですけど。遊んでエイズに感染してしまったのですから」

「はあ……」なんと返事をしていいのか分からなかった。

「仕方ないのです。中学の頃から遊びぐせがついて家に帰ってこない日が続いていました。怒れば家出をする。その繰り返しで、私はどうしたものかと困り果てていましたが夫と死別したせいで働かなきゃならないし、疲れて放っていた時期もあったのです。きっと寂しかったのでしょう。だから誰かについていってしまったのだと思います」

「洋子さん、誰かに構ってほしかったのですね」

「そうだと思います。でも、エイズ感染者とずっと一緒にいたのか、複数の人と関係を持ってしまったのか何も話してくれませんでした。私があまりにショックで口がきけなくなったせいで何も言えなかったのでしょうけど」

母親はおもに私に話しかけていた。クスマーさんは日本人同士の込み入った話に黙っていた。

「洋子はエイズに感染した将来のない子でした。二十三歳の時に感染が分かり、その後はずっと家に籠もっていたのですが、二十五歳の時に一人で生きると走り書きを残し行方が分からなくなってしまいました。その後、私は必死で探しました。でも見つけられませんでした。近いうちに死んでしまう子だから家から出したくなかったのですが」

私もクスマーさんも頷くだけで言葉が出なかった。母親は話を続けた。

「一年が経ち、二年、三年と過ぎて、どこかで死んでいるかと思うと胸が締め付けられました。まさか外国、タイに来ていたとは思いませんでした。そんな痕跡がなかったものですから。でも、この国で思いのほか長い時間を生きていたのですね。もう死んでしまっていると諦めていたのですが、領事館から連絡がきて驚きました」

私とクスマーさんは頷くだけだった。

「おかげで弔ってやれます」と、母親は静かに微笑んだ。

「お母さん、タイまで洋子さんの骨、取りに来て、大変ネ」

クスマーさんは母親を労るつもりで言った。

「いえ、自分の子供ですから弔ってやりたいです。それに外国で死んでしまった、この方が良かったです。死亡原因がエイズじゃなく交通事故だったし、タイ国にはご迷惑をかけて申し訳なく思っていますが」

母親が話し終わるや否や、クスマーさんが「自分の国で死ねば良かったのに。タイはエイズの死に場所じゃない」と呟《つぶや》いた。

母親の顔色がさっと変わった。もっともなことだけど、今ここで言わなくてもいいのに。

「本当に申し訳ございません」と、母親は頭を下げた。

その後、母親に別れを告げ、クスマーさんも家に帰っていった。一人になると何だか憂鬱な気分に襲われ足に力が入らない。

最初に会った頃の上野洋子を思い出していた。

彼女はエイズになり日本に居づらく感染者の多いタイに来たようだ。日本よりタイの方が心の痛みを減らしてくれると思ったのだろうか？　だけど、ここじゃ差別が半端なくひどいものだったはず。だが偏見差別は日本なら生きていけないけど、ここならどんなひどい差別にも耐えられる？　自分の国じゃないから？　それに自分と同じ不幸を舐め合える人たちがいる。

——私も自分の国から逃げてきた。

あの時、心がボロボロで、どんな事情を抱えた人でも崖っぷちの誰か、そんな誰かの側に行きたかった。

鬱々として歩き続け、夕食時だが食欲がなくアパートまで戻ってきた。

あれ？　部屋に電気がついている。泥棒？　いや分かりやすく電気をつけて物色するような泥棒はいない。急ぎドアを開けた。

目の前に多恵子とアヤサンがいた！

「ウソー、何で？」

突然に多恵子が現れて目の前の一脚しかない椅子に座っていた。

「何していたのよ、遅いわよ！」多恵子が笑っている。本当に多恵子だ。

「どうしたの？　何で、何でここにいるの？」

部屋は多恵子の大きなスーツケースが居座り、おまけにアヤサンの荷物まであった。足の踏み場がない。

「私お腹がすいているの、とにかく夕飯を食べに行こう。アッコがなかなか帰ってこないからイライラしていたわよ。アヤサンに電話をさせたら誰かが死んでお参りに行ったって言っていたけど、それにしても遅いわよ」

勝手に来て、勝手に待っていたくせに偉そうだ。やはり多恵子だ。

「それは悪かったわ。でも来るなら来ると連絡してよ。今までどんなに心配したか。電話をしても手紙を出しても音沙汰なかったくせに。何で出し抜けにここにいるのよ？」

「それに関してはゴメン！　理由は後で話すわ。とにかく食事に行こう」

スリウォン通りのはずれのソイ（小道）を入ったレストランに行くことにした。そこなら静かで落ち着く。たまに観光客がシーフード料理を食べに来るくらいだ。

多恵子は知り合いに見られるのを避け、もし見られても分からないようにとエルメスのスカーフを頭から巻きサングラスをかけていた。

あれから何年経っているのよ！　もう多恵子の知り合いなんていないわよ！　とっくに日本に帰っているんじゃない。それにその姿、かえって目立つわよ。ただでさえ多恵子は背が高く背筋を伸ばして歩けば目立つのに。おまけに夜のサングラス？　それに高価なエルメスのスカーフ、このナンプラーと椰子油の臭いだらけの中でもったいない。と一瞥したら、私の考えているることが分かったのか、「今日、空港で高木さんを見かけたのよ。むこうは、すぐには気がつかなかったけど、なんとなく分かったみたい。追いかけてきたのよ。だから早足に停まっているタクシーに飛び乗ったの。おかげで代金ぶんどられたわ」

「ふーん。で、何で、突然ここにいるわけ？　おまけにアヤサンまで」

「うん。ちょうどバンコクのことを思い出していたらアヤサンから手紙がきたの。タイを離れる前に何かあったら手紙を寄越すようにと住所を書いた封筒に切手を貼って渡しておいたのよ。たまに日本から物を送ったりもしていたからね。一年に一回くらい手紙が届いていたわ。それで、その手紙にシーロムで太田と偶然遇って懐かしかったって、ただそれだけなんだけど。でも、アヤサンのタイ文字を見ていたらタイが懐かしくって、来てしまったの。それとアヤサンは今日ね、日本人の雇い主が帰国したのでとりあえずアッコのところにね」

「何？　よく分からない。アヤサンの雇い主が帰国して何でとりあえずで、私の部屋に荷物を運んだの？　それに多恵子、あんたタイが懐かしいのは分かるけど、それだったら何で電話の一本もかけてこないのよ！」

「ゴメン、さっきから謝っているじゃない。悪かったって！」

日本人の友達、多恵子との会話はすごく楽しい。久しぶりに心から笑った。

そして、今日お参りに行った上野洋子のことを多恵子に話し聞かせた。

「エイズ？　その子、エイズにかかって日本から逃げてきていたの？」

「そうよ。私たち、そのことを知らずに普通に接していたのよ」

「エイズにかかったからタイに住むなんて、タイ国に申し訳ない話だわ。それで感染経路は何だったのかしら？」

「母親の話によると、遊び歩いてほとんど家に帰ってこなかったらしいの。本人が感染ルートを話さずに死んでしまったから確信はないけど、たぶん不特定多数の人との性行為からじゃないかって」

「そうなんだ。遊んで好き勝手してエイズになった、自業自得だわね」

「そうだけど、彼女ね、家庭環境に問題があって、グレていた時期があったの。家に帰るのが面白くなくて繁華街をうろついて誰かと一緒に泊まった。ただ、それだけなのに運の悪い子よ」

「運が悪い？　運じゃなくて原因があるじゃない」

「でも、その原因が生じることにツイていないのよ。生きている時には気付かなかったけど、死んでしまって彼女のことを考えればナイーブな子なの」

「あんたが言う運を悪くする原因、それを私は知らないけど。家庭がどうあれ、その子がしっかりしていれば余所の国でエイズで死ぬことはなかったはずよ」

「直接の死亡原因はエイズじゃないのよ。交通事故。エイズで死ぬ寸前に事故に遭ったの」

「ふーん。じゃあ、死亡診断書にはどこにもＨＩＶという文字は書かれていないのかしら？」

「それは知らないわ。でも母親が死亡原因がＨＩＶでなくて良かったって言っていたわ」

その後、多恵子は黙ってしまった。

「クスマーさんは元気にしているわよ」と言っても返事がなかった。

レストランのあるソイ（脇道）に入ろうとした時、アヤサンが明日帰省するのでお土産を買いたいと言い出した。ソイの入り口で息子が喜びそうなスニーカーが目に入ったようだ。雇い主が変わったわずかな合間に息子に会いに帰る。その息子を喜ばせたいのだろう。だからアヤサンに目的のレストランを教え、私たちだけで先に行った。

席に着き、注文を済ませた後、多恵子が話し始めた。

「私ね、太田の浮気が分かった時、腹が立ってどうしようもなかったの。太田が浮気をしたこともショックだったけど、それより、この私が売春婦に嫉妬するなんて考えられなかったし、それを他人に知られるのって、すごくみっともないことだと思ったわ」

多恵子の口から売春婦に嫉妬すると聞いて驚いた。顔には出さなかったけど。

「でも、でもね、自分の主人が買春だけならともかく売春婦にのめり込むなんて考えられなかったの。夢にも思わなかったわ。すごくショックだった」

「……」

「それもね、単なる遊びとか浮気じゃなく情が存在するのよ。なんでこの私がお金で身体を売るあんな売春婦と夫を共有しなきゃならない、と思うと吐き気がするくらいムカついたわ。だから思いつく限り罵倒し、あらゆることでなじったわ。でもそれでも気が収まらず、エイズの検査をしろと詰め寄ったの。タイ人娼婦、身体を売る女はエイズの感染率が高いから、あんたもエイズにかかっているかもしれない。私はエイズになんかなりたくない。だから私にも私の物にも触るなって喚いたことがあるの」

ＨＩＶ検査を詰め寄った、と聞いて一瞬息をのんだ。多恵子は大きなため息を吐いてまた語り始めた。

「その時、太田は何も言い返さなかった。ずっと黙ったままだった。けど太田も私にたまっていたものがあったのだと思う。その後、太田は出て行ったわ。それから事務的に一週間に一度は帰ってくるけど、自分の家なのに夜更けにはまた出て行くのよ。後はアッコの知ってのとおり」

「そう、だったの」

「エイズなんて、どうでもいいってことはないけど。エイズが問題じゃなかったのよ。そんなのではなかったのよ。太田を家から遠ざける切っ掛けにはなってしまったけど。あの人、あの時、ＨＩＶ検査を受けたのかなあ……？」

「それは知らないけど、太田さんは今アユタヤ勤務よ。近いから毎日のように事務所に来られているわ。お元気よ。たぶんエイズじゃないわよ。だって交通事故で入院したときも普通に治療を受けていたじゃない。今も元気に仕事しているから違うわよ」

「そんなこと、分かっているわよ！」多恵子はそう言って笑った。

もし太田がエイズだったなら、自分を気遣って離れていく理由が受け入れられる。でも、そうじゃなく太田の気持ちが離れてしまったのは多恵子の人格？

太田は自分の家なのに夜更けになると出て行く。自分の家で眠らなかった。多恵子のいる家で眠らなかった。それを思い出させてしまったようだ。エイズの話で傷を掘り起こしてしまった。

アヤサンがお土産をいっぱい抱えて店に入ってきた。大きな荷物は何かと思えば掛け時計に洗面器まであった。これをどうして持って帰るのか不思議で聞いてみると、

「オクサン、イク。クルマ、アル」

「え？　多恵子、アヤサンの田舎に行くの？」

「そうよ！　アッコも行くのよ。会社にはどうしても外せない用事ができたって言えばいいわ。何なら私の名前を出しても構わないし」

「はあ？」

アヤサンの実家はスリンという象の祭りで有名な田舎町だ。

先週、ビザの延長でマレーシアに行くという理由で一日休んでいたのに、多恵子の予定に合わせるとまた三日間の休暇を有木にお願いしなきゃならない。気が重い。

その夜、有木は家にいた。申し訳なさそうに休ませてほしいと申請すると、すんなり「構わないよ。別にこれといった急ぎの仕事はないだろうし」と親切に言われた。だが、

それが返って居心地の悪さを感じた。無理して雇ってもらっていること痛切だ。休み明けはパニダが嫌みを言ってくるに違いない。

スリンへ

多恵子はアヤサンの知り合いの運転手を雇い、私達は早朝バンコクを出発した。北に走り左折、そしてまた北に行き左折を繰り返し東北に向かっている。

途中、トイレのために立ち寄ったショッピングモールで多恵子が怪訝な顔付きで話しかけてきた。

「あの運転手、以前、ピー（兄）とか言って例の小屋に泊めた男だと思うわ」

それでか、アヤサンは助手席に座るのはいいけど必要以上に運転手の世話をやき馴れ馴れしく身体に触れ、完全に女になっていた。

「ふーん、いやに馴れ合っていると思った」

「あの時、顔は見なかったけど小屋に出入りしている姿、体格がどうもそうだと思うのよ。

年をとって肥満になっているけどタイ人のわりに大柄だからね。絶対そうよ！」

「じゃあ、あの運転手はアヤサンの彼氏ね。あれから十年よ、永く続いているじゃない。でもアヤサン、未亡人なのに何で彼氏と再婚しないのかしら？」

「それは、たぶん運転手が所帯持ちなのじゃない。ようするに不倫よ！　セックスフレンドかもよ。でも実際のところは聞いても言わないと思うけど」

「セックスフレンド？」

「アッコ、今、アヤサンたちのことを想像したでしょ？　やめとき、悪酔いするわよ。それにアヤサンまた歯が抜けていたわね。口を開けたら中が黒く見えるわ」

運転手はアヤサンと同じミルクチョコレート色の肌をしたお腹の出っ張った禿げ親爺だ。アヤサンの雇い主が運転手つきレンタカーを必要な時、彼女は必ずこのタイ人を呼ぶそうだ。「マエノ、オクサン、リョコウ、スキ。イツモ、コノヒト。ウンテン、ジョウズ、プローブジャイ（安心）」と言って得意そうな顔をしていたから。この運転手はアヤサンのおかげで利益を得ている。もしかして、その見返りにセックスを供給している？

嫌だ、私の想像。背筋に冷たいものが走った。

長いドライブが始まり、昨夜、一つしかないベッドで多恵子と寝なければならず、あまり眠れていないせいか、車の揺れが心地よく多恵子も私も眠りこけてしまった。どのくらい眠ったのか分からない。

微睡みの中、甘ったるい男女のタイ語が聞こえる。「クン、ロー、マーク（あなたって、すごく男前だわ）」「チンロー？（本当に？）」

何……？　誰が……男前って？

目を覚ますと前の二人がいちゃついていた。

その時、「アンタラーイ！（危ない！）」と、すぐ横で声がした。多恵子、目が覚めていたのだ。車内にまた沈黙が流れた。

窓の外、あたりが暗くなり始めた。薄暗い人気のない風景ばかりが続く。どこまでも続く草原の中に人の痕跡が見当たらない。不安が襲ってきた。

わずかな間に完全に日が落ちてしまい真っ暗になった。道を示すのは自分たちの車のヘッドライトだけ。すれ違う車もない。目を凝らしても一面漆黒。こんなに何も見えない闇は初めてだ。心臓がドキドキする。

だが、遠くの方に微かに灯りが見え始めた。その灯りはアヤサンの村に隣接する街の灯りらしい。それを聞いてホッとしたけど到着したら薄暗い街だった。灯りが暗い。この街のホテルで多恵子と宿泊することになっている。憂鬱でしかない。

「あら、あれ見て！」と多恵子がうれしそうな声を発した。

こんな小さな街にもショッピングモールがある。ＳＨＯＰＰＩＮＧと書かれた看板に電飾が施され煌々と輝き、暗い空間に浮かび上がっていた。その明るさを見た途端、大きな安心感に包まれた。

暗闇クライシス

ホテルに着くと私たちの荷物を運転手がロビーまで運んでくれた。その後アヤサンはうれしそうに彼と連れだって帰っていく。それを見送るでもなく見ていたら、闇に紛れる一瞬、アヤサンは運転手の腰に絡みついた。ビヤ樽のような腰に枯れ枝のような腕。想像したくないけど、今夜の二人を考えてしまう。

多恵子と二人、ホテルの薄暗いレストランで特別まずくはないがおいしくもない夕飯をとっていたら、ひしひしと温度じゃない冷たさが迫ってくる。なぜだか訳の分からない不安が押し寄せる。

多恵子に「どうしたのよ？」と訝られるくらい顔が硬直していたようだ。まだ食事が終わっていないのに、さっき見たショッピングモールに行きたくてしょうがない。耐えられなくなりフォークとスプーンを置いた。

「ねえ、散歩に行こう」と、口にオムレツを運んでいる多恵子を誘った。

この街はメイン通りも薄暗く歩いている人はいない。店や屋台もポツポツとあるだけ。寂しくて仕方ない。バンコクの騒音が恋しい。どこでもいいから派手な空間、あのショッピングモールに逃げ込んでしまいたいと足が速まった。競歩のように歩く私に多恵子の「何なのよ、もうちょっとゆっくり歩きなさいよ」と、文句が追ってくる。

ショッピングモールに着くと飛び込んだ。しかし、そこは電飾の看板に反し中は薄暗かった。もともとは倉庫だったのか鉄骨むき出しの天井を見上げればトタン屋根が見える。雨が降れば私の望むのとは別のにぎやかさがありそうだ。

このモール、床面積に対しわずかな蛍光灯があるだけで、商品もビニールを敷いた床に置いてあるだけ。あの電飾の看板ネオンが私にすごく期待させたから一層落胆してしまった。私には灯りが安心の源なのかも。

そんなことを思っていたら一枚の絵が浮かび上がってきた。好きじゃないのに吸い寄せられた絵。勘違いの既視感。

幼い私の行きたかった場所、それはゴッホの絵画「夜のカフェテラス」の風景。

幼い私が祖父に頼み事をした。あそこ、あの明るい所に連れて行ってと。

子供の頃に住んでいた下町の薄暗い路地の向こう、そこだけが明るかった。そこは立ち飲み屋で薄暗い中、煌々と光り輝いていた。幼かった私は夜になるとそこに行きたくて仕方なかった。夜が怖かったから。夜の光に集まってくる虫みたいに心が吸い寄せられた。それから後に「夜のカフェテラス」を何かで見た折、あそこが絵になっていると勘違いをした。

ゴッホの絵画と幼かった自分を思い出しながらショッピングモールを歩いていると、「アッコ、サンダルが壊れかけていたじゃない。替えを買っとけば」と多恵子が手招きしている。

履いてきたサンダルのベルトが切れかけていたのだ。私も替えをと思っていたが無造作に転がっているサンダルを見て気がすすまなかった。買いたくない代物だ。

「こっち来て。これ見て！」

「どれよ？」

「これ安いわよ。一時しのぎに買っとき」と、多恵子はケラケラ笑っている。

山積みになっているゴム草履に「2バーツ」と書かれた紙が載せてある。多恵子の笑っている意味が分かった。ギザギザの土台に幅の違う鼻緒。小学生の夏休みの宿題みたいな代物だ。でも、とりあえず購入することにした。

すごく履き心地の悪い草履。ゴムなのにカチカチ。たぶん、すり切れたタイヤを何度も溝を掘っては使い、最後はこのゴム草履になったのだろう。さすがにバンコクでは売っていない。

私は、この薄暗くて馴染みのない空気が漂う街を地面より硬いゴム草履を履いて歩いていた。すごく我慢をしている――。アヤサンの実家なんかについてこなきゃよかった。夕方から後悔の連続だ。憂鬱になり自分の爪先ばかりを見て歩いていた。

「ねえ、ドーナツ食べようか」と、多恵子が声を上げた。

指されたその先に見慣れた看板、ダンキンドーナツ店があり、それを見た途端、憂鬱で固められた気持ちが少し解《ほぐ》れた。

ドーナツとコーヒーを買って席に着くと、何だか気分が落ち着き、普通に話ができ始めた。

「ねえ多恵子、あんたどうしていたの？　日本で毎日なにしているの？」

「仕事しているわよ。父の会社を手伝っているの」

多恵子の実家は奈良で不動産をかなり持っていると聞いていた。大きなショッピングセンターの土地、商業ビル、スーパー、福祉施設など土地や建造物を所有し、賃貸収入の管理会社を父と兄が営んでいるらしい。

「ふーん、いいわね。実家が金持ちだから安定していて。毎日、楽しい？」

「ええ、楽しいわ。仕事が面白いの。それに今、宅建の勉強をしているのよ。合格して資格をとるわよ」

「すごいじゃない！　頑張っているんだ！」

「そうよ、絶対に取得するんだから」

多恵子、相変わらず資格が好きだ。上級のタイ語の資格は取り損なったけど、他にどんな資格を持っているのだろう？　常に何かに挑んでいる。

「それよりね、私、再婚するの」多恵子は唐突に思いも寄らないことを言った。

「えっ、再婚？　相手いるの？」

「当たり前じゃない。一人で結婚はできないわよ」多恵子はあきれたように笑っている。

「だって、太田さんに会いたくて来たのでしょう？」

「ええ、会おうとは思っている。でも、会いたいっていうのとは少し違うわ。もう他人だからそんな必要はないけど、再婚の報告をするつもりなの。今度は失敗せずに幸せになるって」

「驚いた！　そんなことになっているのだったら会ってすぐに言ってよ。それよりも電話か手紙で前もって知らせてよ。心配していたのだから。けど良かったわ。おめでとう」

まだ太田に未練があると思っていたのに思いがけない告知だ。

「太田にしたら迷惑かもね。別れた妻、離婚しているのに何を今さらって！　でもね、太田に謝罪もしたかったの。あの時、建て前上は太田一人が悪者になったじゃない。だけど私、自分でも気持ちが歪んでいると気付いていたのよ。考えればタイに来た頃からかな、少しずつ歪んでいったような気がする。自分を正当化し、周りの人間を攻撃していたわ。その挙げ句太田が徐々に遠ざかっていったの。太田は死んだ娼婦に癒やされていたのよね。

それで私の攻撃はますますひどくなり太田は完全に私を拒否したの。お互いだけど、すごく傷ついたわ。あの人も人格だけじゃなく生き方まで私に否定されたから、やりきれなかったと思う」

「……」

「アッコ、返事に困っているわね。何も答えなくていいよ。もう過ぎてしまったことだから」

私は微笑むだけにしておいた。

「あの時こうしていれば、なんて、いくら考えてもやり直しはきかないって嫌と言うほど痛感したわ。私、自分で思っていた以上に太田のことが好きだったみたい。だからシンガポールに行った後、我慢できなくって太田に会いに行ったけど、やはり拒否されて、ボロボロだった」

「うん……」

「アッコ、そんなに深刻な顔しないで。もう過ぎたことよ。いいか悪いか別にして思い出になってしまったわ。わだかまりがなくなったのよ。だからリセットしに来たの」

「よく分からないけど。でも、何か、分かるような気もする」

多恵子、シンガポールの時のように無理しているようには見えない。新しい恋のせいだ。

「住んでいるときはバンコクなんて排気ガスと騒音がひどくて最低だし、タイに住んでいる日本人もタイ人もみんな次元が低いと思っていたわ。でもね、日本に帰ったらすごく寂しかったのよ。ウフッ、アヤサンが恋しかったの。信じられないでしょう」

「ええ？　アヤサンが？」

「そうよ。アヤサンやバンコクの街角が毎日ちらつくのよ。そして腐敗臭や排気ガスまで懐かしくなったわ。何度タイに来ようと思ったかしれない。アッコのように暮らそうかとも考えたわ」

「今はタイに住むつもりはないんだ」

「当たり前じゃない。今は永く日本を離れられないわ。命より大切な人がいるのですもの」

「ああ、フィアンセがいるものね」

「この旅行から帰ったら、すぐに入籍するの」

「おめでとう。好きな人と巡り会えてよかったわね。幸せになって！　それで、お相手はどんな人？」

「彼ね、四歳も年下なの！　彼も再婚なのよ」

多恵子の話によると、夫になる人は実家の管理会社に出入りしている会計士だそうだ。昨年、決算時に接する機会が多く、よくあるカップルの食事からデートを重ね結婚することになったらしい。

太田を何かの場面で思い出すことはあっても、もう胸を痛めることはないそうだ。でもいまだに、褐色の肌をした女性の厚化粧を見ると吐き気がすると言っていた。

彼氏の写真を見せてもらった。ちょっと神経質そうだが知的な感じで端正な顔立ちだ。太田とは違う雰囲気がする。

「いい感じの人ね。こんなステキな人がよく現れたわね」

「ええ一目惚れよ。でも一つ欠点があるの。その写真、一人で写っているから分からないけど、彼、私より背が低いの」

「へー、そうなの。低そうには見えないけどね」

多恵子が一七〇センチで、彼が一六八センチ。少し低い。でも、すごく幸せそうだ。

実を言えば、太田にも新しい恋人がいる。有名ホテルのラウンジのウエイトレスをしているタイ人らしい。今度は褐色の肌じゃなく色白の中華系だとか。別に太田に彼女がいても全々かまわないと思うが、多恵子には黙っておこう。

二日目、タイシルバー加工を見学することに多恵子とアヤサンで話が決まっていた。

タイシルバーの加工で有名な村に着いたが職人兼主婦がいない。なぜかと聞けば、今日は生命保険の集金日で隣の家に集まっているそうだ。その集まっている場所に行けば、主婦たちは保険の通帳とお金を手に一列に並んでいた。

この村の人は皆で助け合い生きているのに、もしもの時に備えて保険をかけている。一人の職人は泣く子をなだめるため服をはだけ乳首をふくませ、手に通帳とお金を持ち真剣な面持ちで順番を待っていた。

ここの人たちは生きることに真面目だ。それに比べ、私は保険にも入っていない。自分の人生にも無責任。私の最期はどんなだろう……？　自分の最期を思い浮かべると、自分のしでかした結果なのに、涙が出てしまう。今は考えないようにしよう……。

ホテルのロビーで三日目の予定を運転手とアヤサンも交えて確認していたら、ホテルマンが明日行こうとしているカンボジアとの国境アランヤプラテート、そこは危険だと教えてくれた。私がタイに来た動機になったカンボジアへの入口の場所だ。日本に帰るまで一度は訪れてみようと思っている場所。

ホテルマンが言うには、国境付近でクメールルージュの残党と現政権の内戦があり、流れ弾がタイ側に飛んで来ることがあるらしい。

「イクデス。モンダイナイ」とアヤサンは何食わぬ顔で言い、「マイペンライ（問題ない）」を連発している。

――瞬間、恐ろしい光景が頭を過ぎった。流れ弾に当たった私の死体。

絶対に行かない！　タイに来た当初と事情が変わっている。もし流れ弾に当たれば、邦人女性が危険地帯で死亡もしくは重傷と日本のニュースになる。テレビで私の顔が映ると今でも親不孝は計り知れないのに、これ以上にない地獄を味わわせることになる。それに、あの一番私の負を知られたくない人たち、以前の会社の人たちが知ることになる。きっと「落ちるところまで落ちたわね！」と嘲笑うだろう。若い女子社員たちの顔が浮かんだ。

絶対に行かない。

「行かないわよ！　私には日本で大事な人が待っているのよ。ここで死ぬわけにはいかないわよ！」と、多恵子の喚く声が聞こえた。

え、大事な人がいるから行かない？　ああ、そうだ多恵子には待っている人がいたのだ。私とは行かない事情が違う……。

アヤサンはしつこくマイペンライを連発し、シアダーイ（惜しい）と残念がっている。なぜなら、家族の皆も同行し観光させるつもりだったから。それで九人乗りの車だった？

だが事の重大さを考えろと、多恵子に一喝された。

三日目、とろとろと歩いて村を散策していた。暑いけど田舎の朝は爽やかだ。朝露が蒸発する前だから空気も乾燥していない。空は青く大地は草の緑。所々に溜め池があるだけで椰子の葉がキラキラ輝いている。アヤサンのお姉さんに借りた円錐形の編み笠を被り、アヤサンの子供とその友達とのピクニックだ。どこまで歩いても同じ景色に同じ道。椰子の木があるだけ。気持ちはいいけど、もう飽きてきた。早くバンコクに帰りたい。

夕方になって、やっと帰ることになった。早く出発しないと夜になってしまう。また闇が私を憂鬱に陥れると焦っているのにアヤサンがぐずぐずと腰を上げない。気がつけば私はずっとアヤサンを睨んでいた。

車が発車するとアヤサンの息子キックが追いかけてくる。名残惜しそうに走っている。

それを見てアヤサンは帰れと手で追い返し、次はサッカーボールを買ってくると大声で叫んだ。離れて暮らす親子は少しの間でも一緒にいたかったのだ。私は自分のことしか考えていなかった。手を振るキックが小さくなっていきカーブで消えてしまった。何故かアヤサンより私の方が切なくなっていた。

デコボコ道を走り終えた後、急に夜になった。多恵子が私の横顔を見つめている。

「あんた、情緒不安定になってない？」

「え？」

「いやにキョロキョロするし、夜になれば落ち着きがなくなっているわよ。朝はその反動か異様に元気になって不気味さはあるけど」

「？？……」

「言っていいか、どうか迷ったけど。あんた、バンコクに来た当初、とても暗かったわ。でも今より普通だった。それで今回会ったときから思っていたの、時々話す速度がすごく速くなっている。タイ語はさほど感じないけど日本語を話すとき、すごく早口になっているのよ。何か焦っている？」

「何よ、それ！　何を言っているのか分からない。多恵子って大袈裟に考えるのだから。

田舎になれてないだけよ」

「そうかしら？　情緒不安だけじゃなくって、何て言ったらいいのか、何か怖がっているように見えるのよね」

「ええ？」

こんなことを言われるなんて意外だった。心外とまでは言わないけど、ぐさりと多恵子の言葉が胸に突き刺さり、どう返事をしていいか分からない。

「大丈夫なの？」

「何が？」

「ちょっと、変だって！」

「そんなことないわ。ただ夜が暗過ぎて、この暗さに慣れていないだけよ」

「ふーん、そう！　それでよく難民キャンプに行くとか言っていたわね。もしかしてバンコクに来た動機を忘れたの？　あんた、難民キャンプに行ってボランティアをするって言っていたわよね！」

「言っていた……わ」

「よく言えたものだわ！」

「あの時は、本当に行こうと思っていたのよ」

「ふーん」

「何よ？　本当に思っていたのだから」

「良かったじゃない。行かなくって正解よ！　もし行っていたらノイローゼになっていたかもよ。これしきのことで情緒が不安定になるのだから」

「情緒は不安定じゃないって。真っ暗な夜が嫌いなだけよ」

「そう？　でも今もカンボジアの夜は暗いのだって。アッコ、あんたにはとうてい無理な話だったのよ」

この多恵子の言葉で、思い出さされた、あの頃のこと。でもあの頃の私なら行けたかも。死なないため傷を舐め合う人が必要だったから。でも今は、傷になれてきたのか闇が怖くなってきた。

「ねえ、アッコ。あんたまだタイにいるの？　今後はどうするつもり？　ここに好きな人でもいるのなら別だけど、いないようだし。これと言って特別なことをする訳でもなし、ただいるだけじゃない。無駄に時間が経つだけよ。こうしているうちにどんどん年は取っていくし、自分の国じゃないのにいる必要がないでしょう？」

「うん、分かっている」

痛いところを突かれればぱっなしだ。自分でも何をしているのだろうと思う。

車のシートは上等のものだが腰が痛くなってきた。何度も座り直し、考えることにも飽きて外を見ると相変わらずの景色だ。時間が経っても変わらない。うんざりする。でも、まだまだこれから長い道のりを我慢しなきゃならない。虚ろな気分に陥りながら眠ってしまった。

どれくらい眠ったのか目を覚ますと闇の世界だった。目を凝らすとヘッドライトの明かりでうっすらと前にいるアヤサンのシルエットが見えた。車はハイウェイを走り静かで揺れない。窓の外は何も見えない。闇、闇、闇の世界だ。闇の中に薄い灰色のアヤサンのシルエット。また、心臓の音が大きくなってきた。

「多恵子、眠っている？」

「起きているわ。アッコの心臓の音が伝わってくる。また情緒不安定になっているのね」

「情緒不安定じゃないって、そんなのじゃ、ないってば……」否定した。自分の今を決めつけられているようで嫌だから。

「そう、それならいいけど」

多恵子は一応受け入れたが、私を情緒不安定と決めつけている。

「あら？　向こうの方に灯りが見えるわ。ねえ、何か売っているみたい！　行ってみない！」私は灯りを見た途端、うれしくなってつい声が出た。

遠くの方にテントが見える。産地の果物を売る露店？　スイカやパイナップルを売っているのかもしれない。

昔、家族でドライブに行った帰り露店に立ち寄った。テント張りの中は裸電球で、大小さまざまなスイカがゴロゴロと並べてあり、母が程よい大きさの物を選んでいた。私もこれがいい、あれがいい、とスイカを見て回ったのを思い出す。

——あの灯り、あそこに行きたい。あの昔に少し浸りたい。

「マイ、パイ、カ（行きません）」きっぱり、アヤサンにタイ語で突き放された。

「そうよ。アッコ、何を言っているのよ。この道路沿いならまだしも、あそこへ行くにはバックして違う道を行かなきゃならないのよ。そんな時間ないわ。早く帰らないと。あんた、明日は仕事でしょう」

「でも、スイカが」

「スイカ、ナイ。ティー、ノン、タムガーン（あそこ、仕事）」

「そうよ。お店じゃないわよ。工事しているのよ。こんな車も人も通らない所で光熱費をかけてお店を出す人なんていないわよ」

多恵子に否定された。もっともな話だ。だが、あの灯りの下に一瞬だけどスイカが見えたような気がした。幻覚かな？

「分かったわよ」と、了解はしたものの気持ちはあの灯りにはりつく。

ああ、この闇、いやだ！　叫びそう。

「いい年をしてイライラしないの。落ち着きなさいって。アッコは本当に田舎の夜が苦手だわね。初めて知ったわ」

私だって初めて知った。これを知ったのも初めてだけど、今、自分がおかしくなっていることにも初めて気付いた。

帰国

早めの出勤をした。続けて休みを取ったことに引け目を感じ掃除でもしようかと来てみたのだけどオフィスはきれいに片付いていた。書類も全て処理されている。何か少しでも私の必要性があれば安堵するのだが、何もないことを痛感させられた。

まあ、いいわ！　生きるためのバンコク、もう潮時と自覚している。

始業までまだ時間があるのでコーヒーを飲みながら窓の外を見ていた。

パニダが出勤してきた。この頃、バンコクの幹線道路はひどい渋滞を少しでも緩和するため、乗用車の一人乗りは禁止になった。そのためパニダはタクシーを利用している。ビルの少し手前でタクシーを降り神妙な顔付きで歩いている。パニダのルーティン、ビル横のサーンプラプーム（守護神の祠）に線香をあげお参りをする。毎日何を祈っているのだろう？　私も通りすがりに手を合わせることはあっても形ばかりで何も祈っていない。パニダのお祈りは丁寧だ。線香を掌《てのひら》に挟み何度も頭を下げている。じっと見ていたら何かブツブツ呟いている。視線を感じたのかパニダが気付いた。何だか秘密を覗き見していたようで気まずい。だから手を振った。パニダも振り返してきた。

「サワッディー・カ（おはよう）」と挨拶を交わせば、日常が始まった。

「アキコさん、休んでばかり、もう有給ないネ」

「そうなの。次に休めば欠勤になるわ」

パニダは私が休んでいる間に作成した書類を見せにきた。

「これ、見て！　どこも、間違いないネ」

この日の書類はどこにも間違いはなかった。

「本当、完璧だわ！」と、褒めてやると有頂天の顔になった。

「アキコさん、もっと休んでいい。私いる、大丈夫ネ。有木課長に褒められたネ」

その有木課長は本社に移動が決まり、来週早々に帰国する。


有木課長が帰国した二日後、後任に日本に留学経験のある若いタイ人女性のアチャラポーンが出社してきた。彼女は本社で二年間キャリアアップしてきた優秀な人材で、ゆくゆくは管理責任者の地位に就く予定になっている。会社はなるべく現地の人材を使い経費節約をはかっているし、今の所長のお気に入りでもある。

パニダは自分の居場所の危機を感じて権力の火花を散らし始めた。だが私にはそんな気力はない。私は何かにつけ中途半端なのだ。三カ月に一度はビザの更新で出国するのはまだ変わりない。

もう本当に帰国せねば。あの時の傷はとうに癒えている。あの会社の人たち、あの事件を知っている誰かに遇いたくはないが、もし遇ってしまえば逃げればいい。

「アキコさん、雪、見たことあるか?」パニダがコーヒーを手に話しかけてきた。

「そりゃあるわ。大阪で生まれ育った日本人だよ。冬には雪が降るわ」

「私、見たことないネ。アチャラポーンがホッカイドウで雪、見た、きれいかった、言っていたネ」

「うん、二月に北海道に行ったことがあるけど、建物も道も全てが雪で真っ白なの。すごくきれいよ。だけど、とても寒いのよ」

「日本に雪、見に行くよ。アキコさん、ホッカイドウ一緒に行くネ」

「いいよ。いつか行こう。でも本当に寒いわよ」

「分かっているネ。ナガソデ持っているネ」

全然分かっていない。日本勤務経験のあるアチャラポーンに日本の知識を自慢され、自分も雪を見ると思い立ったようだ。

タイにも、ごくまれに雪が降ると聞いたことがある。北の山岳地帯で寒い日に雪が舞うようだ。だから雪というタイ語がある。雪はヒマ。雪が降るはヒマトク。でもバンコクには縁のない気象現象だ。日本に行ったことのないパニダにはマイナスの体感温度の想像がつかない。薄っぺらな長袖の服、それだけじゃ風邪をひくだけじゃなく、きっと死ぬ。

雪、子供の頃は雪が降れば大喜びだった。「もっと降れ、もっと降れ」と、姉と声を合わせて喜んでいた。

ある雪の積もった日、雪で湿った手袋をストーブで乾かしている間に炬燵にもぐり込んでいたら、父が「日本の冬は温《ぬく》い。こんな寒さくらいで子供が炬燵で丸まっていたらあかんやないか！　外国には本当に寒いところがあるのや。そんな国があるということをおまえは知らんからな」と言った。

外国の本当に寒いところ？　父が抑留されていたシベリアのこと？

「お父さん、そこは雪がいっぱい降っていたの？」

「いいや、雪はそんなに降らなかった。その代わり、何もかもが凍てついていた」

「どんなふうに？」

「息をするのも苦しいほどやった。それほど寒いのに、あの大地では日本のように重たい雪が降らなかった。みんな凍って、何もかもが凍てついていたところや。それにな、晴れた寒い日には陽が射して、キラキラと粉のようなものが宙を舞いよるのや。それがものすごくきれいやった。あれはいったい何やったのやろ？」

きっと、父はダイヤモンドダストを見ていたのだ。寒くて凍えそうな時に美しい別世界。地獄の中の彼岸のような一瞬、心がその現象に囚われたのだろう。

若い父の遠くを見つめる眼差しが想像できる。

四十五歳の夏が終わった。十月の半ばにやっと帰国した。関西国際空港に降り立って、国も自分も変わってしまったことを痛感した。三十五歳の冬に伊丹空港を飛び立ったあの時と自分はどれほど変わってしまったのだろう。鏡を見れば確実に老けている。タイの日差しは容赦なくシミと黒子を増やし、しわを目立たせる。

この日、半袖のシャツでは涼し過ぎた。行き交う人を見れば、自分は場違いな気がした。

エピローグ

父の法事の翌日、母を連れお墓を訪れた。

母は線香をあげ、ブツブツと墓石の父に話しかけている。何を言っているのかと耳を傾けると、「あんたは頑固でしんどおましたわ。そやけど、あんたのおかげで生活に困ることなく生きてこられました。あんたが逝った後はのびのびして、私はまだまだ生きるで、と思ったけど、もうここらでよろしおますわ。そろそろ迎えにきてくださいや」

これを聞いて、母も父の正義感が堅苦しく窮屈な思いをしていたのだと改めて思った。道徳観念の強い父は自分の信条に背いた人間は、非を認め謝罪するまで側に来ることを受け入れなかった。だから私は勘当をされたのだが。でも、父の眼差しには気掛かりが読み取れた。その眼差しが、私の中では、彰子――、と私を呼ぶ声に成り代わったような気がする。

昨日の早朝に聞いた幻聴、父の声、それが、よく聞こえていたあの頃、憂鬱が降りそそいでいたバンコクでの記憶を走馬灯のように駆けさせた。

本作は時代を鑑みて、現在は使われなくなった表現がございます

著者プロフィール

秋月 久仁子（あきづき くにこ）

1953年生まれ
大阪府出身、奈良県在住
金蘭短期大学国文科卒業
著書に『曾祖父さんの生きた時間！』（文芸社）がある

逃避行……バンコク

2024年9月15日　初版第1刷発行

著　者　秋月 久仁子
発行者　瓜谷 綱延
発行所　株式会社文芸社
〒160-0022　東京都新宿区新宿1－10－1
電話　03-5369-3060（代表）
03-5369-2299（販売）

印刷所　TOPPANクロレ株式会社

ISBN978-4-286-25696-2